Otaku Blue

1 • Tokyo underground

Scénario : Richard Marazano
Dessin : Malo Kerfriden
Couleur : Thorn

DARGAUD

PARIS • BARCELONE • BRUXELLES • LAUSANNE • LONDRES • MONTREAL • NEW YORK • STUTTGART www.dargaud.com

PREMIÈRE ÉDITION

Dépôt légal : juin 2012
ISBN 978-2205-06636-4
Imprimé et relié en France par PPO Graphic, 91120 Palaiseau

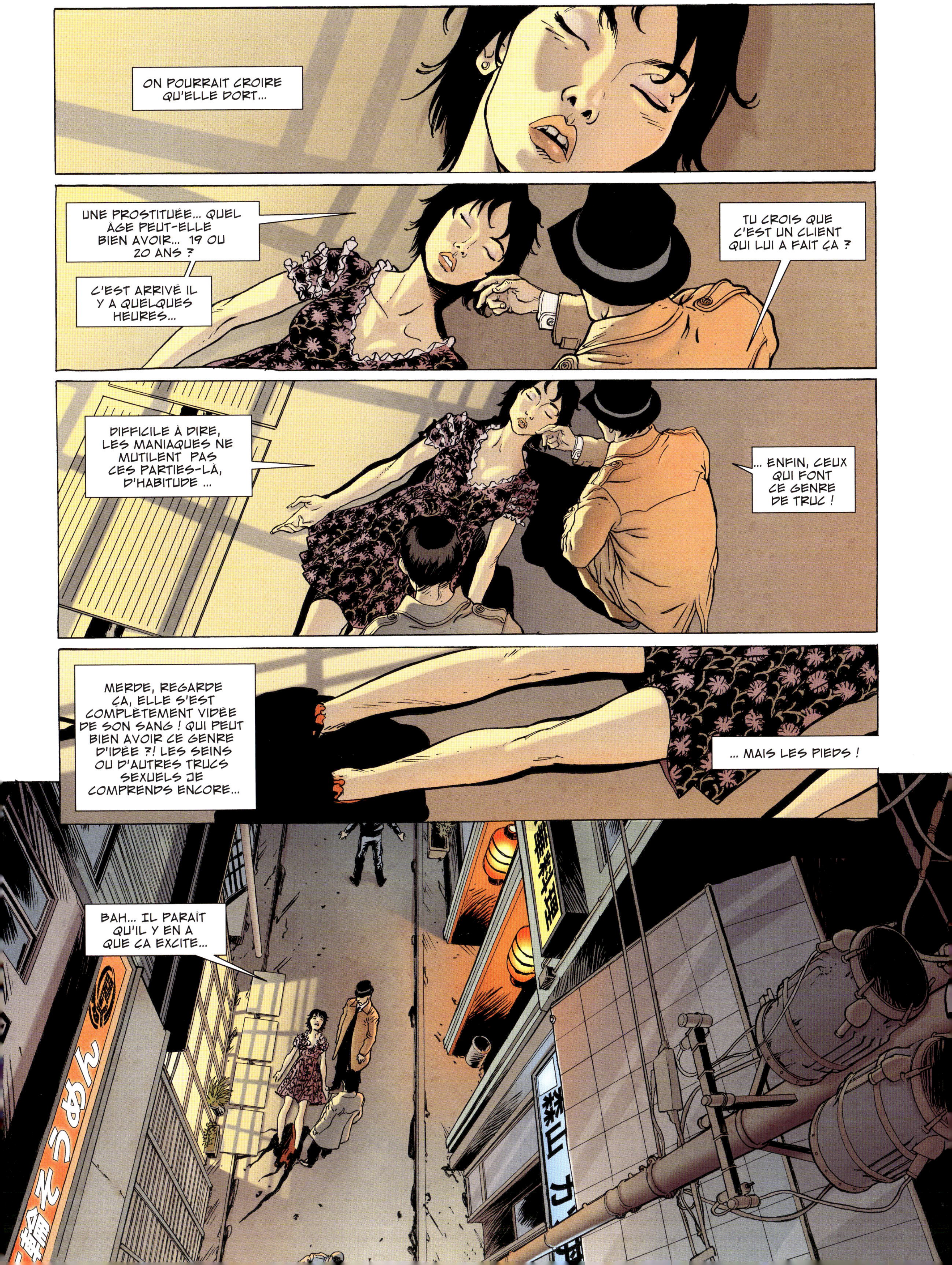
ON POURRAIT CROIRE QU'ELLE DORT...
UNE PROSTITUÉE... QUEL ÂGE PEUT-ELLE BIEN AVOIR... 19 OU 20 ANS ?
C'EST ARRIVÉ IL Y A QUELQUES HEURES...
TU CROIS QUE C'EST UN CLIENT QUI LUI A FAIT ÇA ?
DIFFICILE À DIRE, LES MANIAQUES NE MUTILENT PAS CES PARTIES-LÀ, D'HABITUDE ...
... ENFIN, CEUX QUI FONT CE GENRE DE TRUC !
MERDE, REGARDE ÇA, ELLE S'EST COMPLÈTEMENT VIDÉE DE SON SANG ! QUI PEUT BIEN AVOIR CE GENRE D'IDÉE ?! LES SEINS OU D'AUTRES TRUCS SEXUELS JE COMPRENDS ENCORE...
... MAIS LES PIEDS !
BAH... IL PARAIT QU'IL Y EN A QUE ÇA EXCITE...

TOKYO ... AKIHABARA ...
AUJOURD'HUI ...
ASAMI ! DÉPÊCHE-TOI ! TES CLIENTS ATTENDENT !
OUI VOILÀ ! J'ARRIVE !
ASAMI, VRAIMENT !
JE... JE SAIS... MAIS IL FAUT ABSOLUMENT QUE JE TE LAISSE, KOTARO !
CES CLIENTS SE SONT ATTARDÉS, ET JE NE PEUX PAS PARTIR MAINTENANT !
MAIS SI TU ES EN RETARD ON VA RATER LA SÉANCE ! ON VOULAIT TELLEMENT VOIR CE FILM !

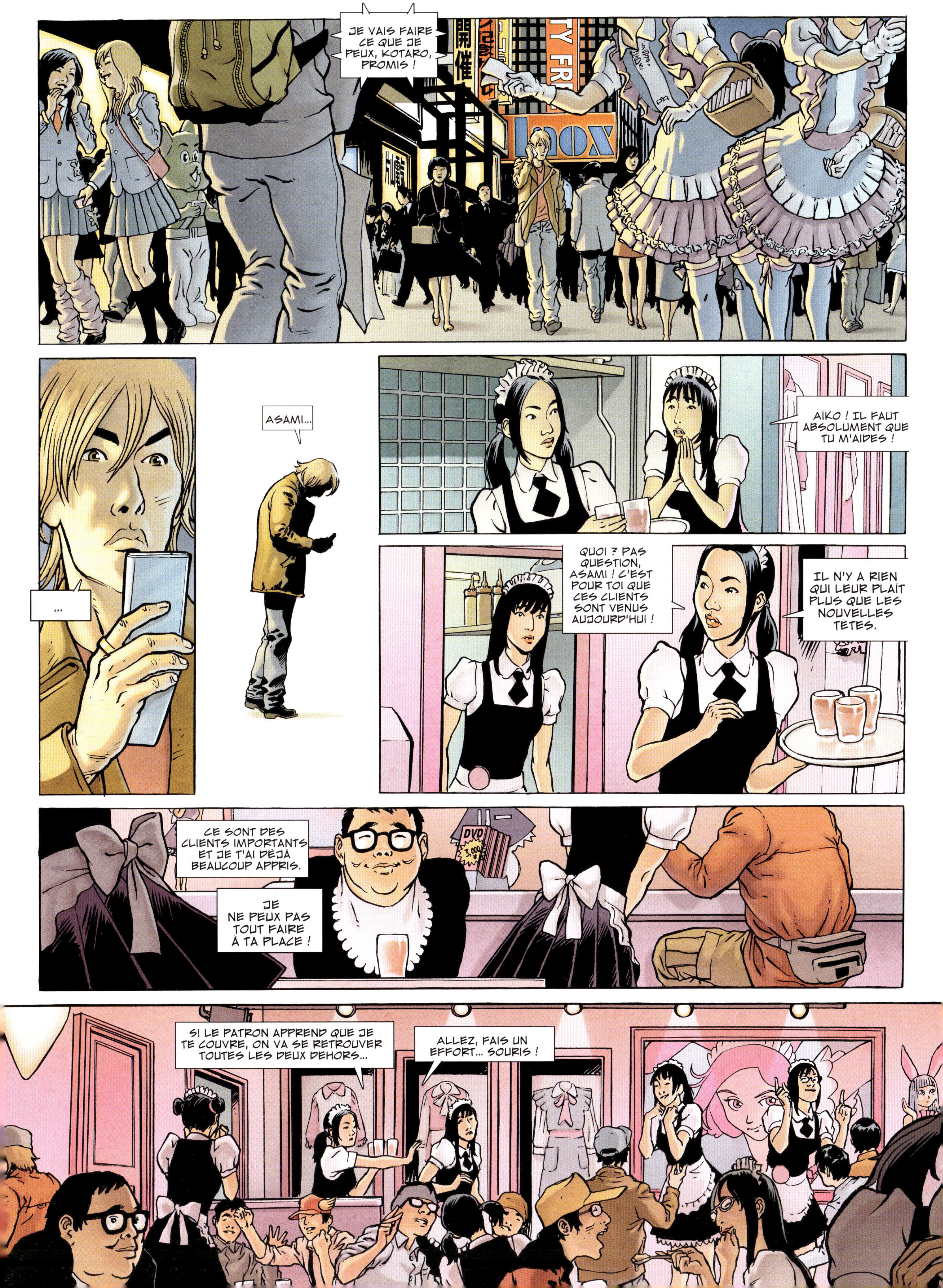
JE VAIS FAIRE CE QUE JE PEUX, KOTARO, PROMIS !
...
ASAMI...
AÏKO ! IL FAUT ABSOLUMENT QUE TU M'AIDES !
QUOI ? PAS QUESTION, ASAMI ! C'EST POUR TOI QUE CES CLIENTS SONT VENUS AUJOURD'HUI !
IL N'Y A RIEN QUI LEUR PLAIT PLUS QUE LES NOUVELLES TETES.
CE SONT DES CLIENTS IMPORTANTS ET JE T'AI DÉJÀ BEAUCOUP APPRIS.
JE NE PEUX PAS TOUT FAIRE À TA PLACE !
SI LE PATRON APPREND QUE JE TE COUVRE, ON VA SE RETROUVER TOUTES LES DEUX DEHORS...
ALLEZ, FAIS UN EFFORT... SOURIS !

ME VOILÀ ! ME VOILÀ, HASEGAWA SAN !
ET ALORS, MA PETITE ASAMI !
ON NE VEUT PAS VENIR SERVIR UN VIEIL ONCLE FATIGUÉ ?!
OOOOH ! HASEGAWA SAN ! MON SOURIRE NE PEUT PAS ÊTRE AUSSI IMPORTANT QUE VOS AFFAIRES...
TU SAIS QUE J'AI BEAUCOUP DE SOUCIS! JE COMPTAIS SUR TON PETIT SOURIRE POUR ME FAIRE OUBLIER LES ASSAUTS DE MES CONCURRENTS, MESSIEURS YAMAMOTO ET AOKI.
CE REPAS D'AFFAIRES A ÉTÉ DIFFICILE!
HÉ ! HÉ ! HÉ !
FAIS UN EFFORT, ASAMI!
SOURIS MIEUX QUE ÇA, OU TU ES FICHUE!
JE NE SUIS PAS FAITE POUR CE BOULOT, AÏKO!
DIS-LEUR QUE JE NE SUIS PAS BIEN. IL FAUT ABSOLUMENT QUE J'Y AILLE.
ASAMI !
IL Y A UN PROBLÈME, MA PETITE AÏKO ?
NON, NON ... ME VOILÀ, HASEGAWA SAN !
ET ASAMI? OÙ EST-ELLE?
HI ! HI ! HI ! ELLE EST PARTIE UN PEU HONTEUSE. HASEGAWA SAN, VOTRE FORCE ET VOS TALENTS L'IMPRESSIONNENT TROP ...
ET TOI TU N'ES PAS IMPRESSIONNÉE?
OOOOH ... HASEGAWA SAN ... HI ! HI ! HI !
メイドカフェ
DVD
4

KOTARO ! ÇA Y EST, JE SUIS EN ROUTE !
QU'EST-CE QU'ON VA VOIR DÉJÀ ?
LAISSE TOMBER, ASAMI ! ON N'Y SERA JAMAIS...
... ON FERAIT MIEUX DE SE RABATTRE SUR AUTRE CHOSE !
NON, ATTENDS, JE SAIS QUE TU ADORES KOBAYASHI !
IL REPASSERA BIEN ENCORE UNE OU DEUX FOIS DANS LE MOIS, NON ?
LAISSE TOMBER, JE TE DIS ! C'EST UN CLASSIQUE, IL NE REPASSERA PAS AVANT UN MOMENT...
AH, ÇA Y EST, JE TE VOIS ! JE RACCROCHE !
COMPLET
SUIS VRAIMENT DÉSOLÉE...

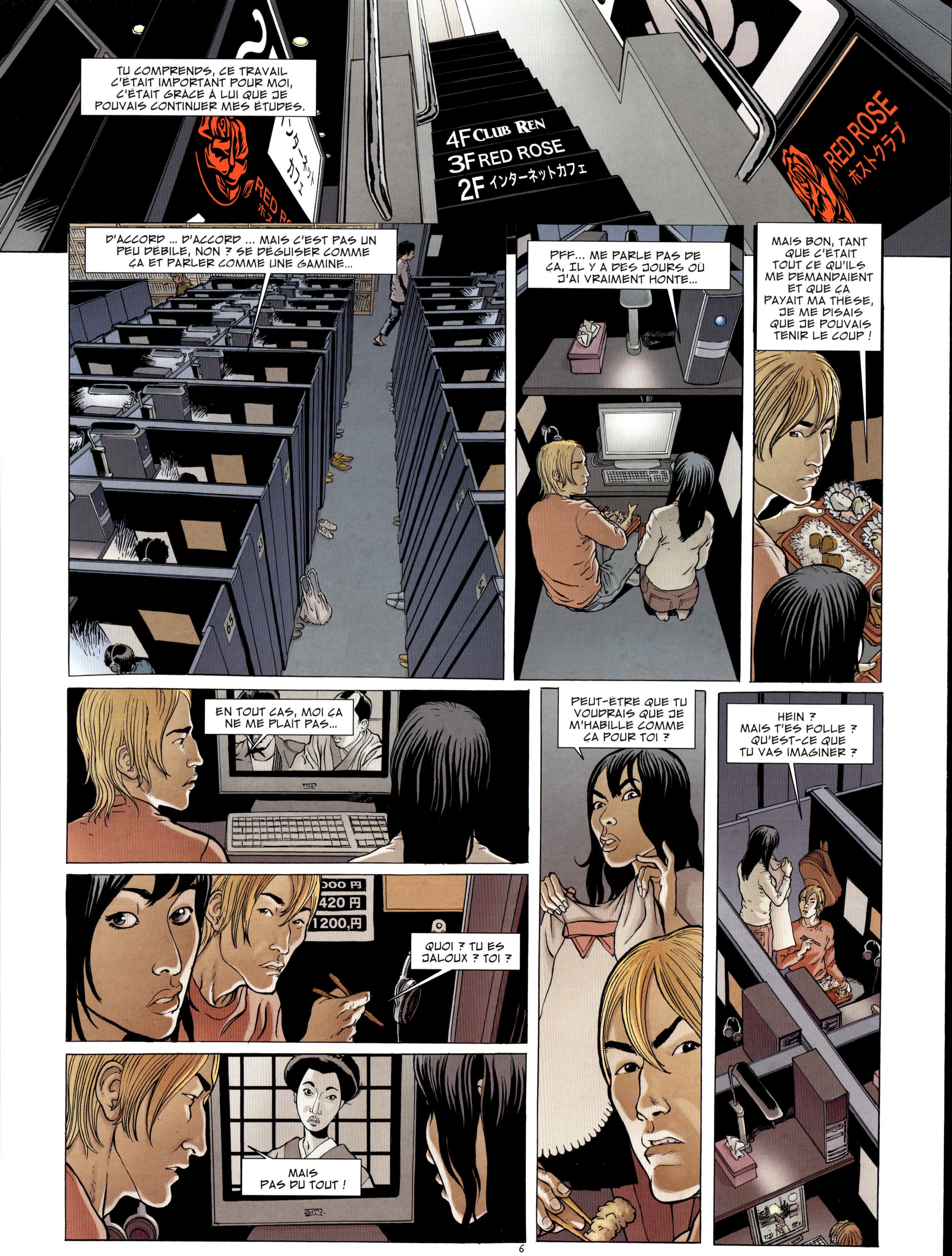
TU COMPRENDS, CE TRAVAIL C'ÉTAIT IMPORTANT POUR MOI, C'ÉTAIT GRÂCE À LUI QUE JE POUVAIS CONTINUER MES ÉTUDES.
4F CLUB REN
3F RED ROSE
2F インターネットカフェ
RED ROSE
ホストクラブ
D'ACCORD ... D'ACCORD ... MAIS C'EST PAS UN PEU DÉBILE, NON ? SE DÉGUISER COMME ÇA ET PARLER COMME UNE GAMINE...
PFF... ME PARLE PAS DE ÇA, IL Y A DES JOURS OÙ J'AI VRAIMENT HONTE...
MAIS BON, TANT QUE C'ÉTAIT TOUT CE QU'ILS ME DEMANDAIENT ET QUE ÇA PAYAIT MA THÈSE, JE ME DISAIS QUE JE POUVAIS TENIR LE COUP !
EN TOUT CAS, MOI ÇA NE ME PLAÎT PAS...
420 円
1200,円
QUOI ? TU ES JALOUX ? TOI ?
MAIS PAS DU TOUT !
PEUT-ÊTRE QUE TU VOUDRAIS QUE JE M'HABILLE COMME ÇA POUR TOI ?
HEIN ? MAIS T'ES FOLLE ? QU'EST-CE QUE TU VAS IMAGINER ?

6

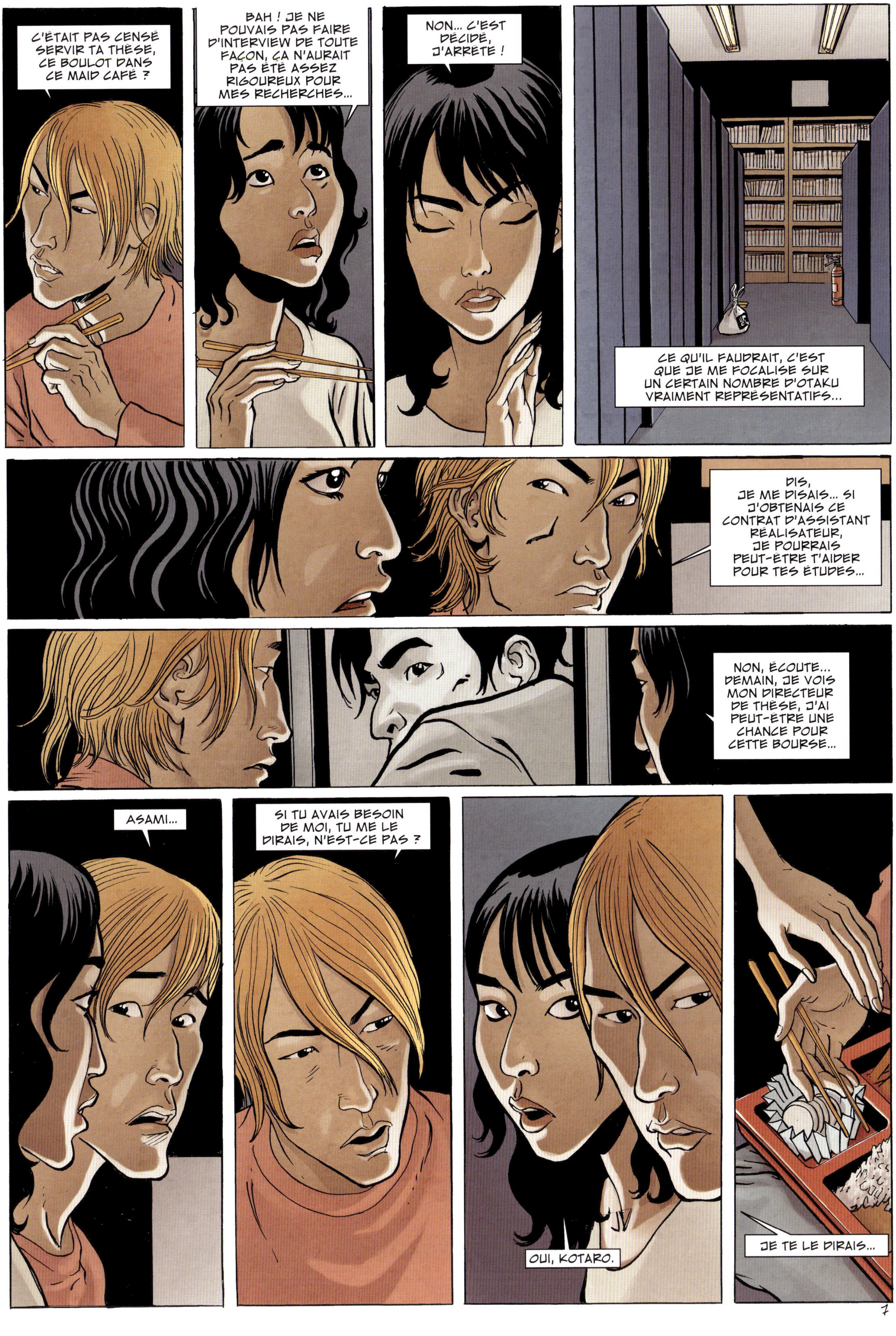
C'ÉTAIT PAS CENSÉ SERVIR TA THÈSE, CE BOULOT DANS CE MAID CAFÉ ?
BAH ! JE NE POUVAIS PAS FAIRE D'INTERVIEW DE TOUTE FAÇON, ÇA N'AURAIT PAS ÉTÉ ASSEZ RIGOUREUX POUR MES RECHERCHES...
NON... C'EST DÉCIDÉ, J'ARRÊTE !
CE QU'IL FAUDRAIT, C'EST QUE JE ME FOCALISE SUR UN CERTAIN NOMBRE D'OTAKU VRAIMENT REPRÉSENTATIFS...
DIS, JE ME DISAIS... SI J'OBTENAIS CE CONTRAT D'ASSISTANT RÉALISATEUR, JE POURRAIS PEUT-ÊTRE T'AIDER POUR TES ÉTUDES...
NON, ÉCOUTE... DEMAIN, JE VOIS MON DIRECTEUR DE THÈSE, J'AI PEUT-ÊTRE UNE CHANCE POUR CETTE BOURSE...
ASAMI...
SI TU AVAIS BESOIN DE MOI, TU ME LE DIRAIS, N'EST-CE PAS ?
OUI, KOTARO.
JE TE LE DIRAIS...
7

DITES, KEIBU ? ON EST MOBILISÉS POUR LA MANIFESTATION DES ALTERMONDIALISTES À SHINJUKU GYOEN ?
NON, T'INQUIÈTE... ON EST À 100 % SUR CETTE FILLE AUX PIEDS COUPÉS...
POURQUOI ILS ONT CHOISI CE PARC, À VOTRE AVIS ?
POUR LES CERISIERS... POUR QUOI D'AUTRE ?
http://www.asahi.com/
http://headlines.nhk.co.jp/hl
新宿御苑にて反G
を訴え大規模なデ
G8 反対
J'ESPÈRE QU'ILS VONT PAS TOUT BOUSILLER, J'AVAIS PRÉVU D'Y PIQUE-NIQUER AVEC MA FEMME ET MES ENFANTS, LA SEMAINE PROCHAINE.
TU ME SORS TOUS LES DOSSIERS DE MEURTRES DE JEUNES FEMMES DE CES DIX DERNIÈRES ANNÉES...
LES PROSTITUÉES ?
EN PRIORITÉ...
À TOKYO ?
DANS UN PREMIER TEMPS...
... ET PUIS TU ÉLARGIRAS À TOUT LE KANTO, SI CE N'EST PAS CONCLUANT...
LES MEURTRES AVEC MUTILATION ?
ÉVIDEMMENT !
8

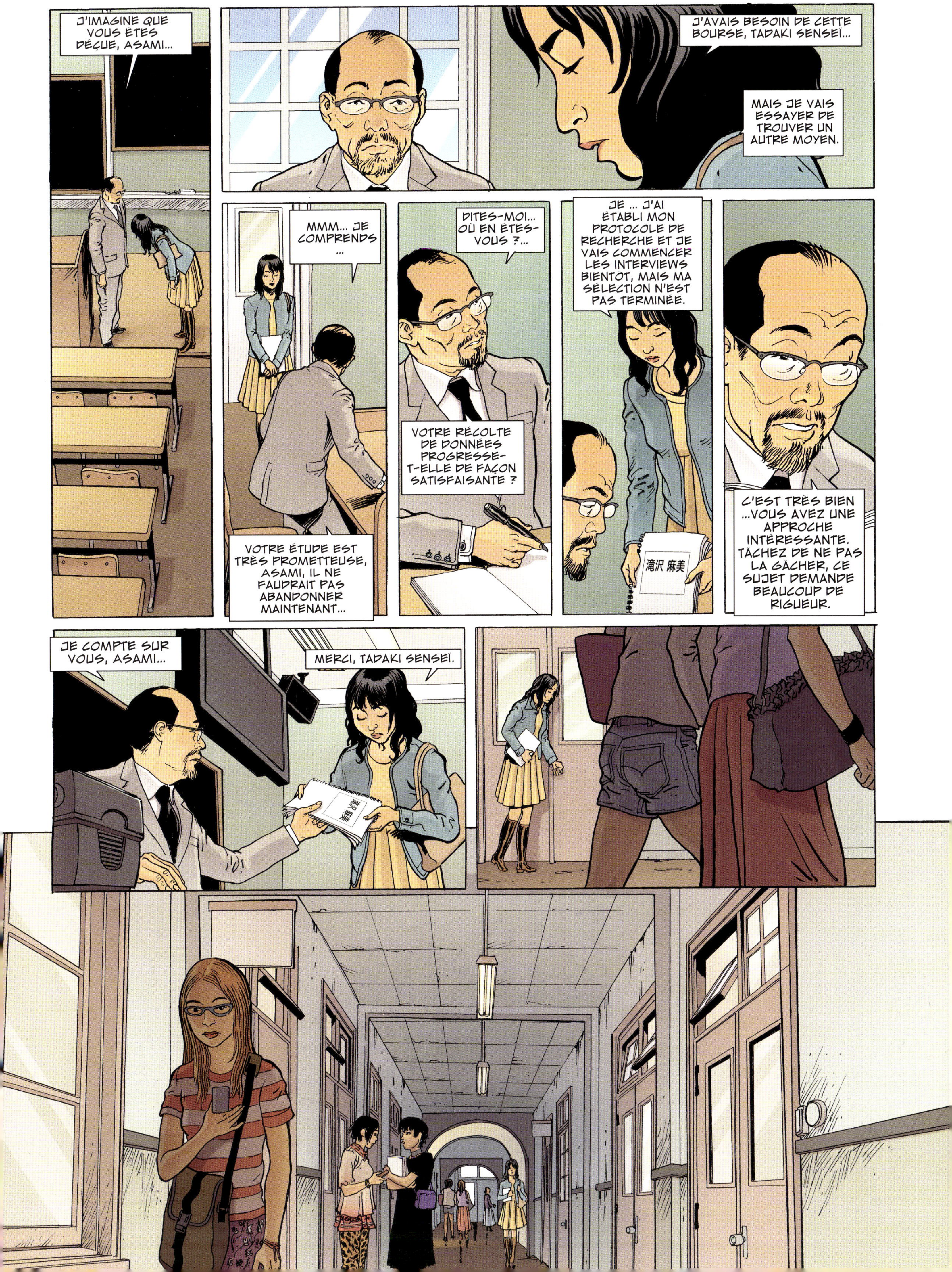
J'IMAGINE QUE VOUS ÊTES DÉÇUE, ASAMI...
J'AVAIS BESOIN DE CETTE BOURSE, TADAKI SENSEI...
MAIS JE VAIS ESSAYER DE TROUVER UN AUTRE MOYEN.
MMM... JE COMPRENDS ...
VOTRE ÉTUDE EST TRÈS PROMETTEUSE, ASAMI, IL NE FAUDRAIT PAS ABANDONNER MAINTENANT...
DITES-MOI... OÙ EN ÊTES-VOUS ?...
VOTRE RÉCOLTE DE DONNÉES PROGRESSE-T-ELLE DE FAÇON SATISFAISANTE ?
JE ... J'AI ÉTABLI MON PROTOCOLE DE RECHERCHE ET JE VAIS COMMENCER LES INTERVIEWS BIENTÔT, MAIS MA SÉLECTION N'EST PAS TERMINÉE.
滝沢 麻美
C'EST TRÈS BIEN ...VOUS AVEZ UNE APPROCHE INTÉRESSANTE. TÂCHEZ DE NE PAS LA GÂCHER, CE SUJET DEMANDE BEAUCOUP DE RIGUEUR.
JE COMPTE SUR VOUS, ASAMI...
MERCI, TADAKI SENSEI.

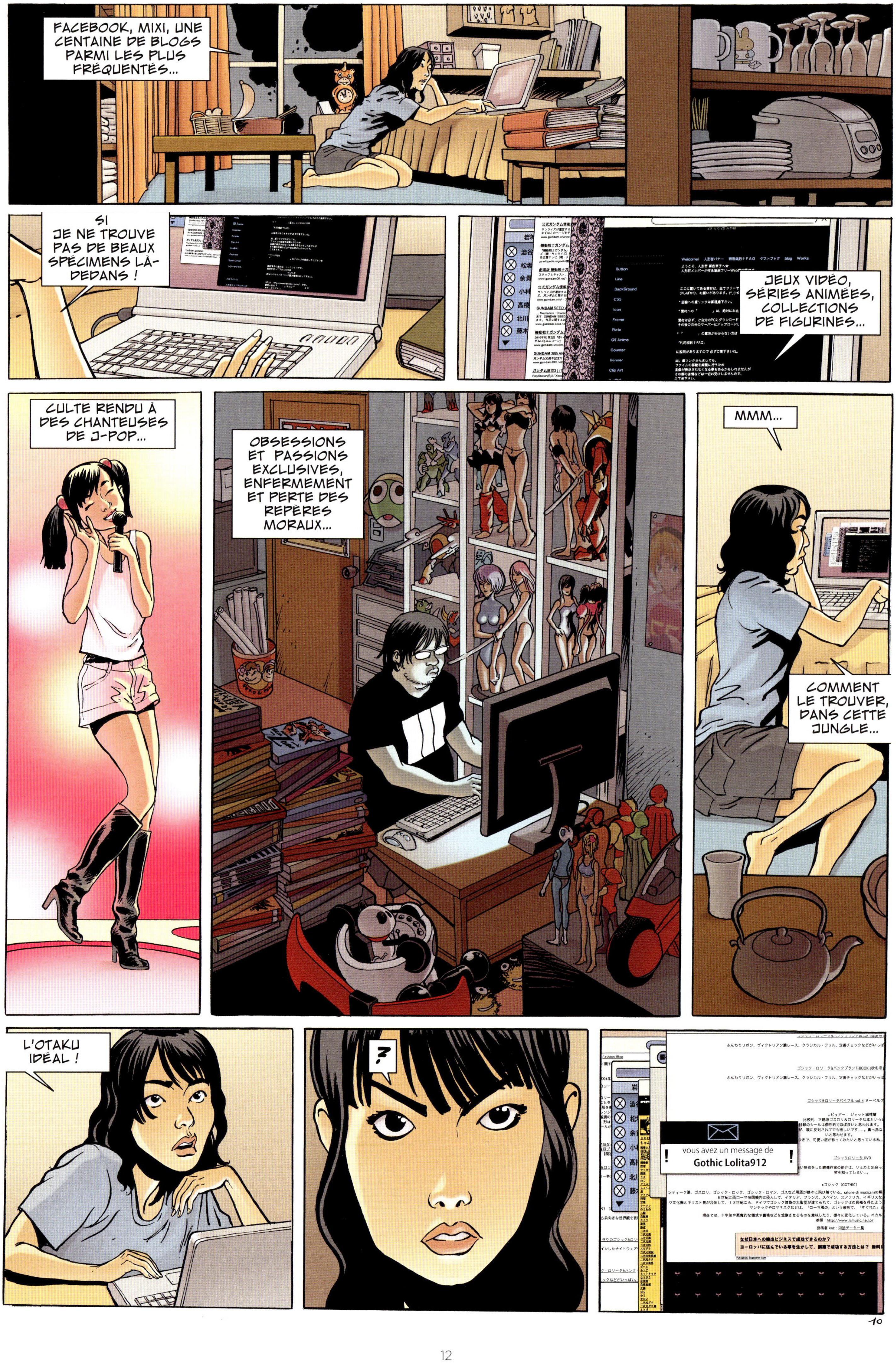
FACEBOOK, MIXI, UNE CENTAINE DE BLOGS PARMI LES PLUS FRÉQUENTÉS...
SI JE NE TROUVE PAS DE BEAUX SPÉCIMENS LÀ-DEDANS !
JEUX VIDÉO, SÉRIES ANIMÉES, COLLECTIONS DE FIGURINES...
CULTE RENDU À DES CHANTEUSES DE J-POP...
OBSESSIONS ET PASSIONS EXCLUSIVES, ENFERMEMENT ET PERTE DES REPÈRES MORAUX...
MMM...
COMMENT LE TROUVER, DANS CETTE JUNGLE...
L'OTAKU IDÉAL !
?
vous avez un message de
Gothic Lolita912
10

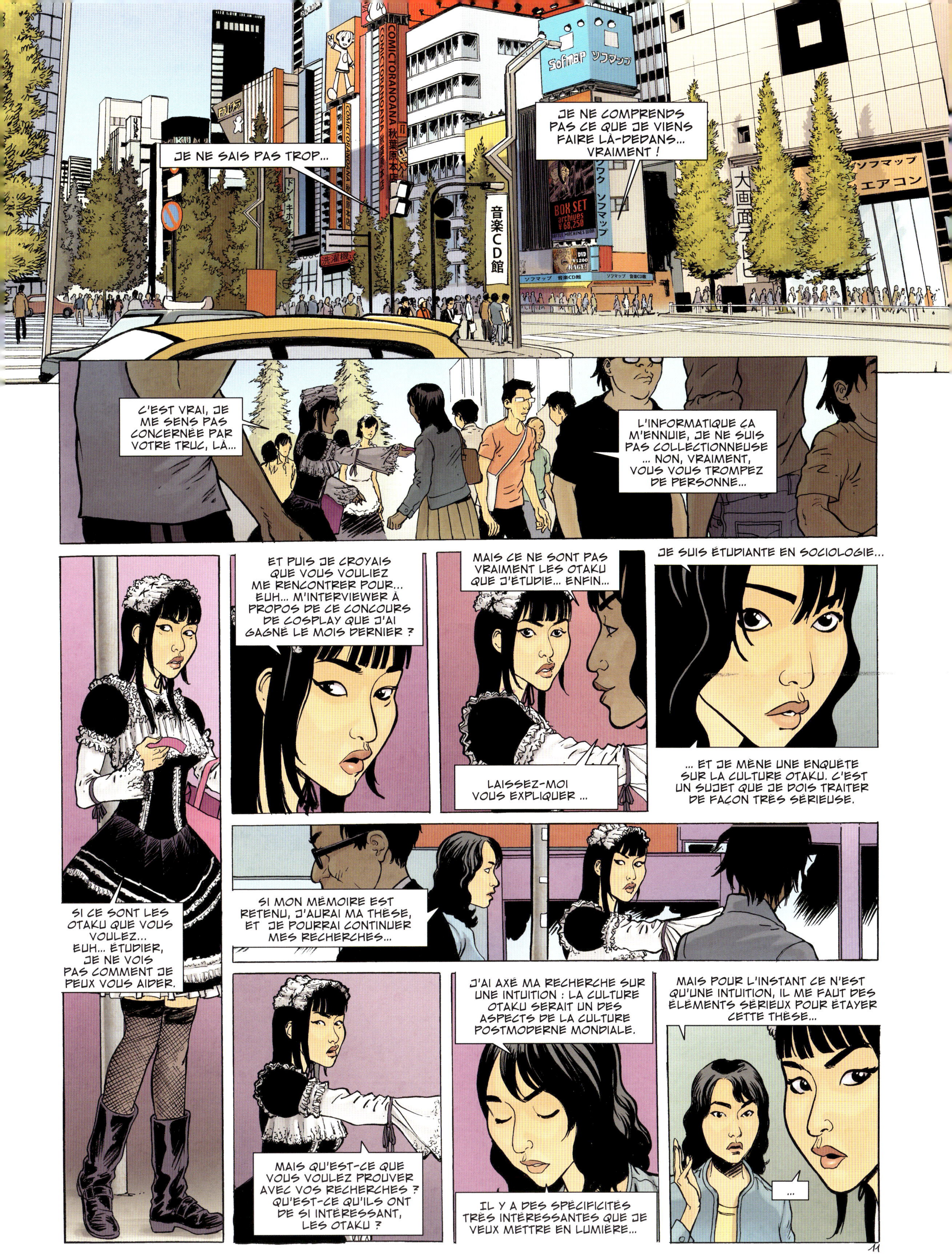
JE NE SAIS PAS TROP...
JE NE COMPRENDS PAS CE QUE JE VIENS FAIRE LÀ-DEDANS... VRAIMENT !
C'EST VRAI, JE ME SENS PAS CONCERNÉE PAR VOTRE TRUC, LÀ...
L'INFORMATIQUE ÇA M'ENNUIE, JE NE SUIS PAS COLLECTIONNEUSE ... NON, VRAIMENT, VOUS VOUS TROMPEZ DE PERSONNE...
ET PUIS JE CROYAIS QUE VOUS VOULIEZ ME RENCONTRER POUR... EUH... M'INTERVIEWER À PROPOS DE CE CONCOURS DE COSPLAY QUE J'AI GAGNÉ LE MOIS DERNIER ?
MAIS CE NE SONT PAS VRAIMENT LES OTAKU QUE J'ÉTUDIE... ENFIN...
LAISSEZ-MOI VOUS EXPLIQUER ...
JE SUIS ÉTUDIANTE EN SOCIOLOGIE...
... ET JE MÈNE UNE ENQUETE SUR LA CULTURE OTAKU. C'EST UN SUJET QUE JE DOIS TRAITER DE FAÇON TRÈS SÉRIEUSE.
SI CE SONT LES OTAKU QUE VOUS VOULEZ... EUH... ÉTUDIER, JE NE VOIS PAS COMMENT JE PEUX VOUS AIDER.
SI MON MÉMOIRE EST RETENU, J'AURAI MA THÈSE, ET JE POURRAI CONTINUER MES RECHERCHES...
MAIS QU'EST-CE QUE VOUS VOULEZ PROUVER AVEC VOS RECHERCHES ? QU'EST-CE QU'ILS ONT DE SI INTÉRESSANT, LES OTAKU ?
J'AI AXÉ MA RECHERCHE SUR UNE INTUITION : LA CULTURE OTAKU SERAIT UN DES ASPECTS DE LA CULTURE POSTMODERNE MONDIALE.
IL Y A DES SPÉCIFICITÉS TRÈS INTÉRESSANTES QUE JE VEUX METTRE EN LUMIÈRE...
MAIS POUR L'INSTANT CE N'EST QU'UNE INTUITION, IL ME FAUT DES ÉLÉMENTS SÉRIEUX POUR ÉTAYER CETTE THÈSE...
...
11

J'Y COMPRENDS VRAIMENT RIEN À VOTRE TRUC, LÀ...
POUR MOI, LES OTAKU SONT JUSTE DES TYPES NULS, ET PATHÉTIQUES, ET IL Y A PAS MAL D'OBSÉDÉS DANS LE LOT, VOUS POUVEZ ME CROIRE...
MAIS BON, ÇA DOIT ÊTRE UNE QUESTION DE POINT DE VUE...
SANS DOUTE...
ENFIN BON... VOUS ÊTES UNE INTELLO QUOI...
... VRAIMENT, J'Y COMPRENDS RIEN, C'EST TROP PRISE DE TÊTE POUR MOI...
ET VOUS CROYEZ VRAIMENT QUE JE POURRAIS VOUS AIDER POUR ÇA ?
?!
HEY!!
VOUS GÊNEZ PAS, SURTOUT !
TOUS DES PERVERS !!
...
BON... C'EST D'ACCORD ALORS...
GAME
TAITO STATION
Sofmap
ソフマップ
BOX SET
archives
¥68,250
BATTLE MACHINES
DVD
¥1200
RAGE!
ソフマップ 音楽 CD館

ET TU VAS TE SERVIR DE CETTE FILLE COMME APPÂT, SI JE COMPRENDS BIEN ?
EST-CE QUE CE N'EST PAS UN PEU... DÉLOYAL ?
C'EST PAS EXACTEMENT ÇA...
JE DOIS ÉTUDIER TOUS LES POINTS DE VUE SUR MON SUJET, ET ELLE... ELLE A SÛREMENT UN REGARD DIFFÉRENT, TU COMPRENDS...
JE COMPRENDS SURTOUT QUE TU VAS PASSER PAS MAL DE TEMPS AVEC DES... DES PAUVRES FILLES UN PEU DEMEURÉES, ET DES CADRES FRUSTRÉS...
JE VOUDRAIS PAS QUE ÇA TE METTE MAL À L'AISE.
FRUITS
TU DRAMATISES TOUJOURS TOUT, ON N'EST PAS DANS UN DE TES COURTS-MÉTRAGES D'HORREUR, LÀ...
TU EXAGÈRES...
APRÈS CE BOULOT D'ASSISTANT, IL Y A DE GRANDES CHANCES POUR QUE JE PUISSE FAIRE UN OU DEUX LONGS-MÉTRAGES...
ON AURA MOINS DE TEMPS POUR SE VOIR AVEC TOUT ÇA...
NE T'INQUIÈTE PAS POUR MOI... ON A BIEN TROUVÉ LE TEMPS POUR CE SOIR...
... TU SAIS QUE TU PEUX PASSER QUAND TU VEUX, N'EST-CE PAS ?
KOTARO... TU N'ES PAS JALOUX, QUAND MÊME ?
?!
13

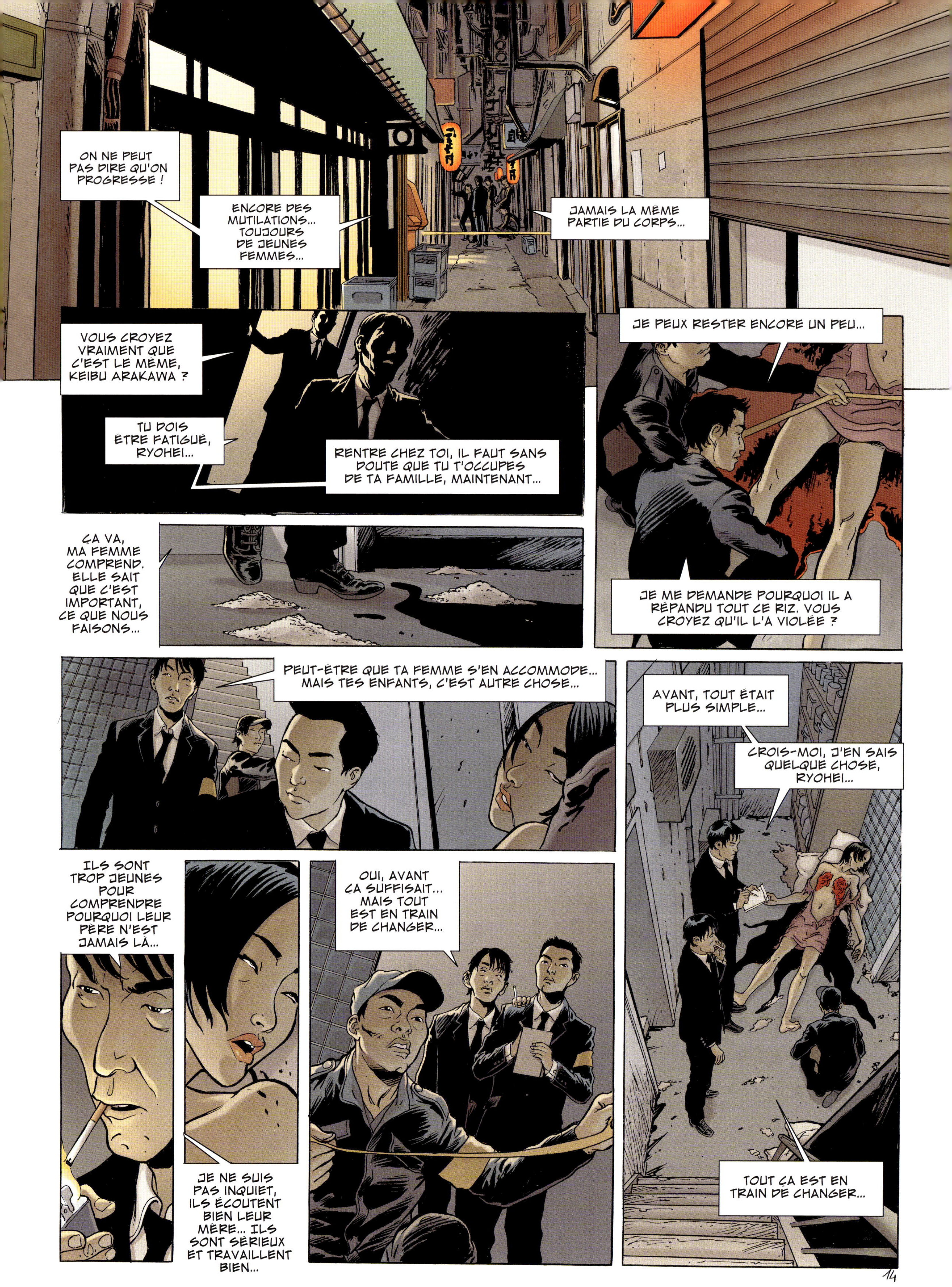
ON NE PEUT PAS DIRE QU'ON PROGRESSE !
ENCORE DES MUTILATIONS... TOUJOURS DE JEUNES FEMMES...
JAMAIS LA MÊME PARTIE DU CORPS...
VOUS CROYEZ VRAIMENT QUE C'EST LE MÊME, KEIBU ARAKAWA ?
TU DOIS ÊTRE FATIGUÉ, RYOHEI...
RENTRE CHEZ TOI, IL FAUT SANS DOUTE QUE TU T'OCCUPES DE TA FAMILLE, MAINTENANT...
JE PEUX RESTER ENCORE UN PEU...
ÇA VA, MA FEMME COMPREND. ELLE SAIT QUE C'EST IMPORTANT, CE QUE NOUS FAISONS...
JE ME DEMANDE POURQUOI IL A RÉPANDU TOUT CE RIZ. VOUS CROYEZ QU'IL L'A VIOLÉE ?
PEUT-ÊTRE QUE TA FEMME S'EN ACCOMMODE... MAIS TES ENFANTS, C'EST AUTRE CHOSE...
AVANT, TOUT ÉTAIT PLUS SIMPLE...
CROIS-MOI, J'EN SAIS QUELQUE CHOSE, RYOHEI...
ILS SONT TROP JEUNES POUR COMPRENDRE POURQUOI LEUR PÈRE N'EST JAMAIS LÀ...
JE NE SUIS PAS INQUIET, ILS ÉCOUTENT BIEN LEUR MÈRE... ILS SONT SÉRIEUX ET TRAVAILLENT BIEN...
OUI, AVANT ÇA SUFFISAIT... MAIS TOUT EST EN TRAIN DE CHANGER...
TOUT ÇA EST EN TRAIN DE CHANGER...
14

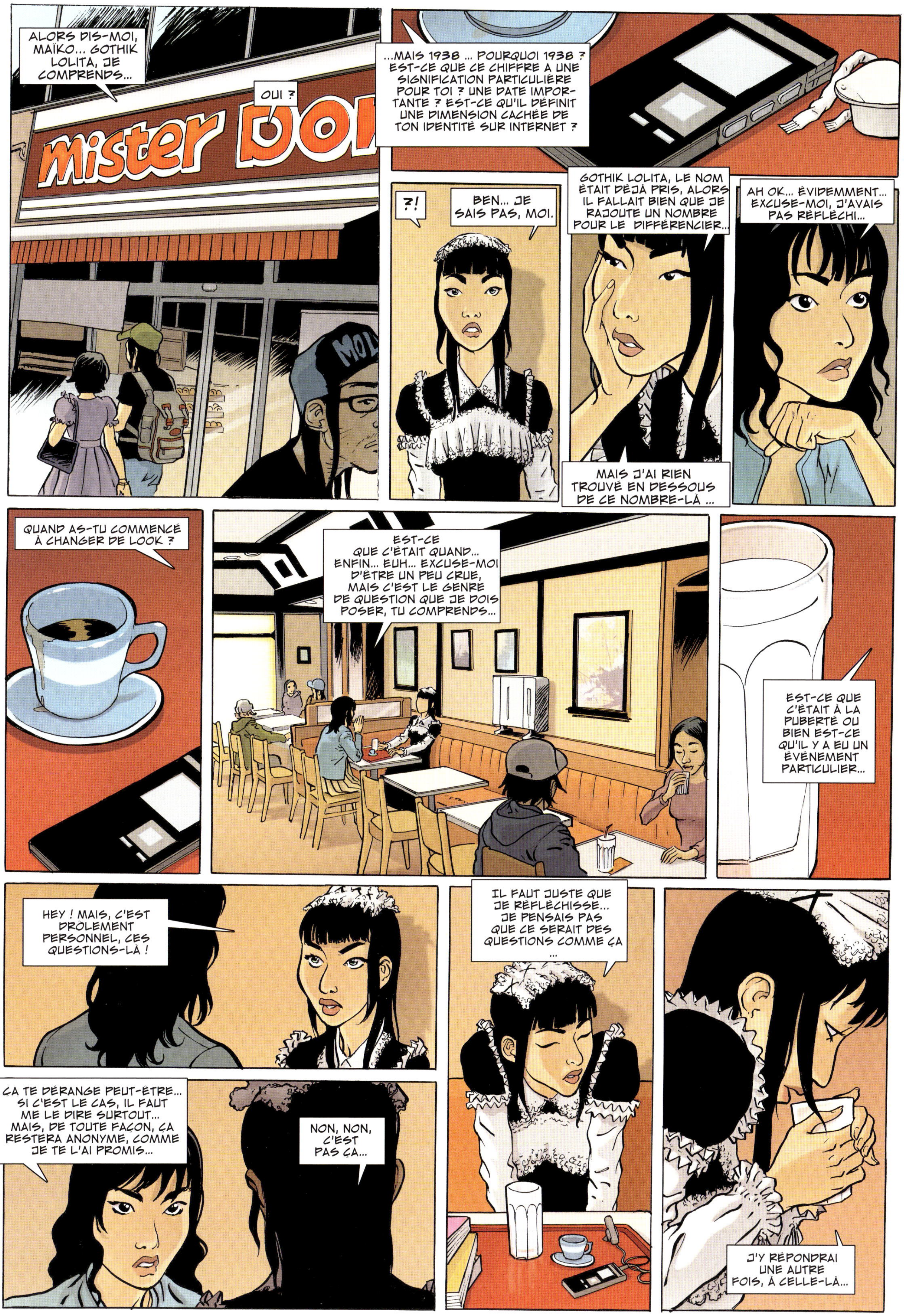
ALORS DIS-MOI, MAIKO... GOTHIK LOLITA, JE COMPRENDS...
OUI ?
mister Don
...MAIS 1938 ... POURQUOI 1938 ? EST-CE QUE CE CHIFFRE A UNE SIGNIFICATION PARTICULIÈRE POUR TOI ? UNE DATE IMPORTANTE ? EST-CE QU'IL DÉFINIT UNE DIMENSION CACHÉE DE TON IDENTITÉ SUR INTERNET ?
?!
BEN... JE SAIS PAS, MOI.
GOTHIK LOLITA, LE NOM ÉTAIT DÉJÀ PRIS, ALORS IL FALLAIT BIEN QUE JE RAJOUTE UN NOMBRE POUR LE DIFFÉRENCIER...
MAIS J'AI RIEN TROUVÉ EN DESSOUS DE CE NOMBRE-LÀ ...
AH OK... ÉVIDEMMENT... EXCUSE-MOI, J'AVAIS PAS RÉFLÉCHI...
QUAND AS-TU COMMENCÉ À CHANGER DE LOOK ?
EST-CE QUE C'ÉTAIT QUAND... ENFIN... EUH... EXCUSE-MOI D'ÊTRE UN PEU CRUE, MAIS C'EST LE GENRE DE QUESTION QUE JE DOIS POSER, TU COMPRENDS...
EST-CE QUE C'ÉTAIT À LA PUBERTÉ OU BIEN EST-CE QU'IL Y A EU UN ÉVÉNEMENT PARTICULIER...
HEY ! MAIS, C'EST DROLEMENT PERSONNEL, CES QUESTIONS-LÀ !
ÇA TE DÉRANGE PEUT-ÊTRE... SI C'EST LE CAS, IL FAUT ME LE DIRE SURTOUT... MAIS, DE TOUTE FAÇON, ÇA RESTERA ANONYME, COMME JE TE L'AI PROMIS...
NON, NON, C'EST PAS ÇA...
IL FAUT JUSTE QUE JE RÉFLÉCHISSE... JE PENSAIS PAS QUE CE SERAIT DES QUESTIONS COMME ÇA ...
J'Y RÉPONDRAI UNE AUTRE FOIS, À CELLE-LÀ...

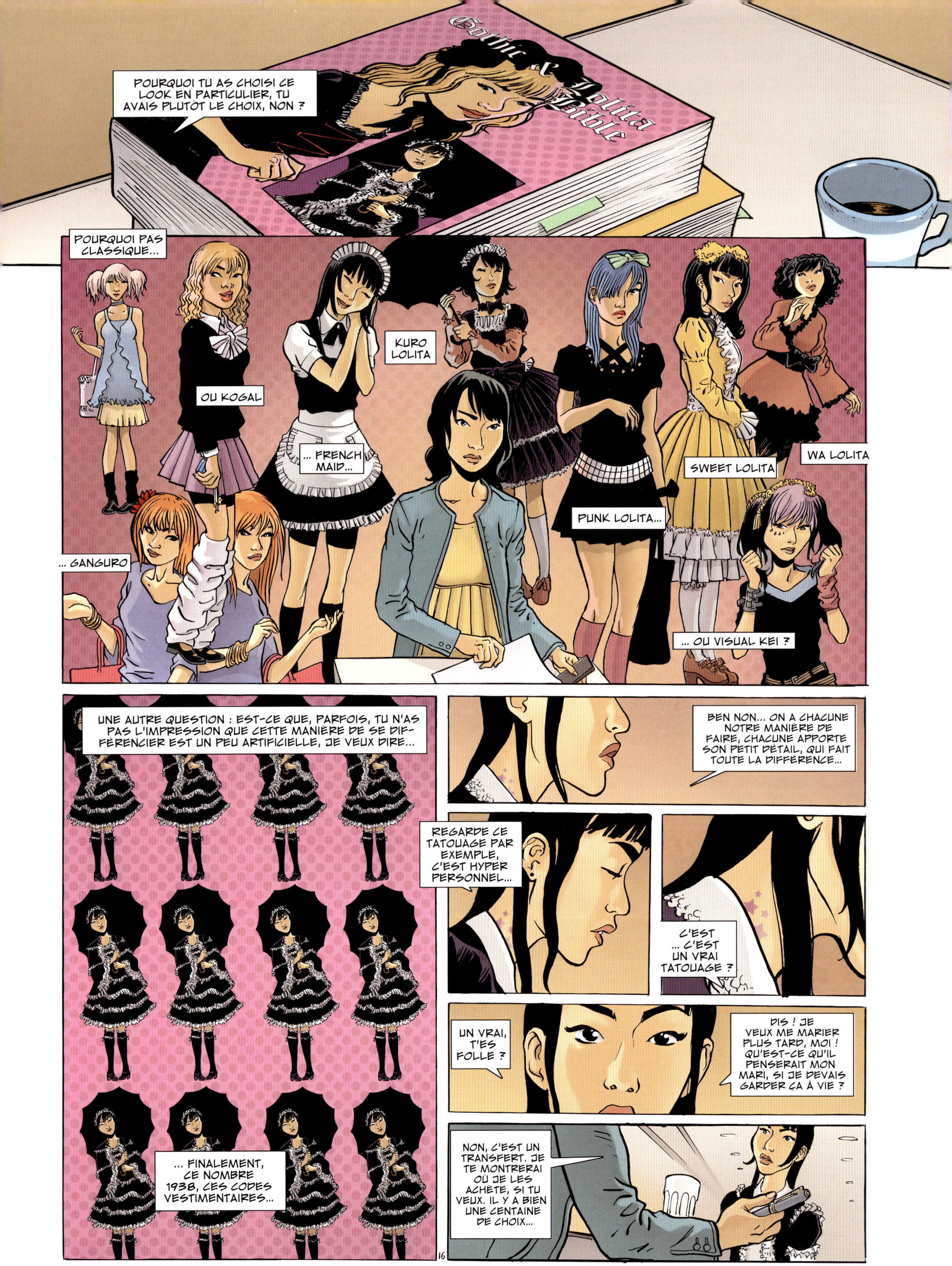
Gothic & Lolita Bible
POURQUOI TU AS CHOISI CE LOOK EN PARTICULIER, TU AVAIS PLUTOT LE CHOIX, NON ?
POURQUOI PAS CLASSIQUE...
OU KOGAL
... GANGURO
... FRENCH MAID...
KURO LOLITA
PUNK LOLITA...
SWEET LOLITA
WA LOLITA
... OU VISUAL KEI ?
UNE AUTRE QUESTION : EST-CE QUE, PARFOIS, TU N'AS PAS L'IMPRESSION QUE CETTE MANIÈRE DE SE DIFFERENCIER EST UN PEU ARTIFICIELLE, JE VEUX DIRE...
... FINALEMENT, CE NOMBRE 1938, CES CODES VESTIMENTAIRES...
BEN NON... ON A CHACUNE NOTRE MANIÈRE DE FAIRE, CHACUNE APPORTE SON PETIT DÉTAIL, QUI FAIT TOUTE LA DIFFÉRENCE...
REGARDE CE TATOUAGE PAR EXEMPLE, C'EST HYPER PERSONNEL...
C'EST ... C'EST UN VRAI TATOUAGE ?
UN VRAI, T'ES FOLLE ?
DIS ! JE VEUX ME MARIER PLUS TARD, MOI ! QU'EST-CE QU'IL PENSERAIT MON MARI, SI JE DEVAIS GARDER ÇA À VIE ?
NON, C'EST UN TRANSFERT. JE TE MONTRERAI OÙ JE LES ACHÈTE, SI TU VEUX. IL Y A BIEN UNE CENTAINE DE CHOIX...

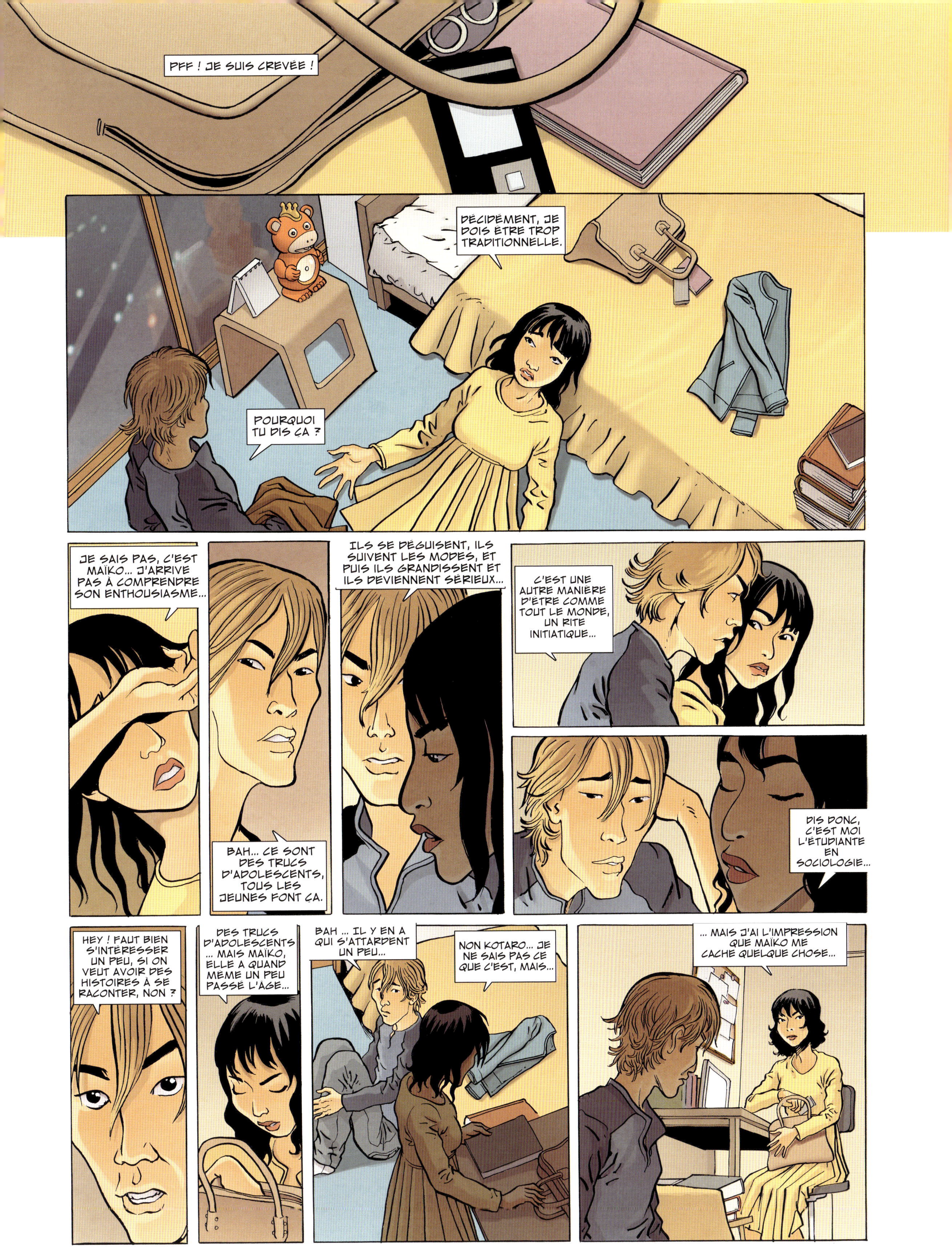

PFF ! JE SUIS CREVÉE !
DÉCIDÉMENT, JE DOIS ÊTRE TROP TRADITIONNELLE.
POURQUOI TU DIS ÇA ?
JE SAIS PAS, C'EST MAÏKO... J'ARRIVE PAS À COMPRENDRE SON ENTHOUSIASME...
BAH... CE SONT DES TRUCS D'ADOLESCENTS, TOUS LES JEUNES FONT ÇA.
ILS SE DÉGUISENT, ILS SUIVENT LES MODES, ET PUIS ILS GRANDISSENT ET ILS DEVIENNENT SÉRIEUX...
C'EST UNE AUTRE MANIÈRE D'ÊTRE COMME TOUT LE MONDE, UN RITE INITIATIQUE...
DIS DONC, C'EST MOI L'ÉTUDIANTE EN SOCIOLOGIE...
HEY ! FAUT BIEN S'INTÉRESSER UN PEU, SI ON VEUT AVOIR DES HISTOIRES À SE RACONTER, NON ?
DES TRUCS D'ADOLESCENTS ... MAIS MAÏKO, ELLE A QUAND MÊME UN PEU PASSÉ L'ÂGE...
BAH ... IL Y EN A QUI S'ATTARDENT UN PEU...
NON KOTARO... JE NE SAIS PAS CE QUE C'EST, MAIS...
... MAIS J'AI L'IMPRESSION QUE MAÏKO ME CACHE QUELQUE CHOSE...

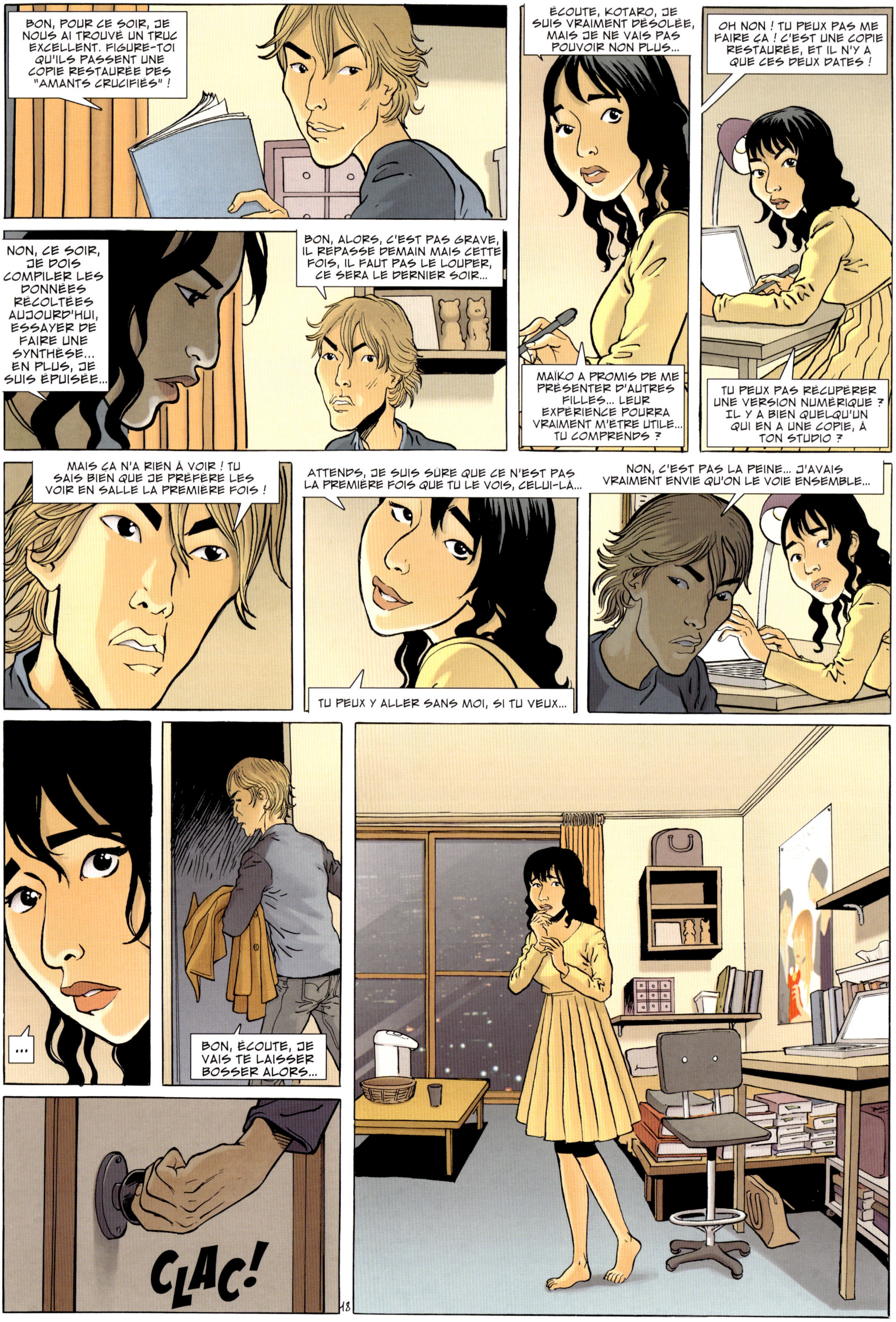
BON, POUR CE SOIR, JE NOUS AI TROUVÉ UN TRUC EXCELLENT. FIGURE-TOI QU'ILS PASSENT UNE COPIE RESTAURÉE DES "AMANTS CRUCIFIÉS" !
ÉCOUTE, KOTARO, JE SUIS VRAIMENT DÉSOLÉE, MAIS JE NE VAIS PAS POUVOIR NON PLUS...
OH NON ! TU PEUX PAS ME FAIRE ÇA ! C'EST UNE COPIE RESTAURÉE, ET IL N'Y A QUE CES DEUX DATES !
NON, CE SOIR, JE DOIS COMPILER LES DONNÉES RÉCOLTÉES AUJOURD'HUI, ESSAYER DE FAIRE UNE SYNTHÈSE... EN PLUS, JE SUIS ÉPUISÉE...
BON, ALORS, C'EST PAS GRAVE, IL REPASSE DEMAIN MAIS CETTE FOIS, IL FAUT PAS LE LOUPER, CE SERA LE DERNIER SOIR...
MAÏKO A PROMIS DE ME PRÉSENTER D'AUTRES FILLES... LEUR EXPÉRIENCE POURRA VRAIMENT M'ÊTRE UTILE... TU COMPRENDS ?
TU PEUX PAS RÉCUPÉRER UNE VERSION NUMÉRIQUE ? IL Y A BIEN QUELQU'UN QUI EN A UNE COPIE, À TON STUDIO ?
MAIS ÇA N'A RIEN À VOIR ! TU SAIS BIEN QUE JE PRÉFÈRE LES VOIR EN SALLE LA PREMIÈRE FOIS !
ATTENDS, JE SUIS SÛRE QUE CE N'EST PAS LA PREMIÈRE FOIS QUE TU LE VOIS, CELUI-LÀ...
TU PEUX Y ALLER SANS MOI, SI TU VEUX...
NON, C'EST PAS LA PEINE... J'AVAIS VRAIMENT ENVIE QU'ON LE VOIE ENSEMBLE...
...
BON, ÉCOUTE, JE VAIS TE LAISSER BOSSER ALORS...
CLAC!
18

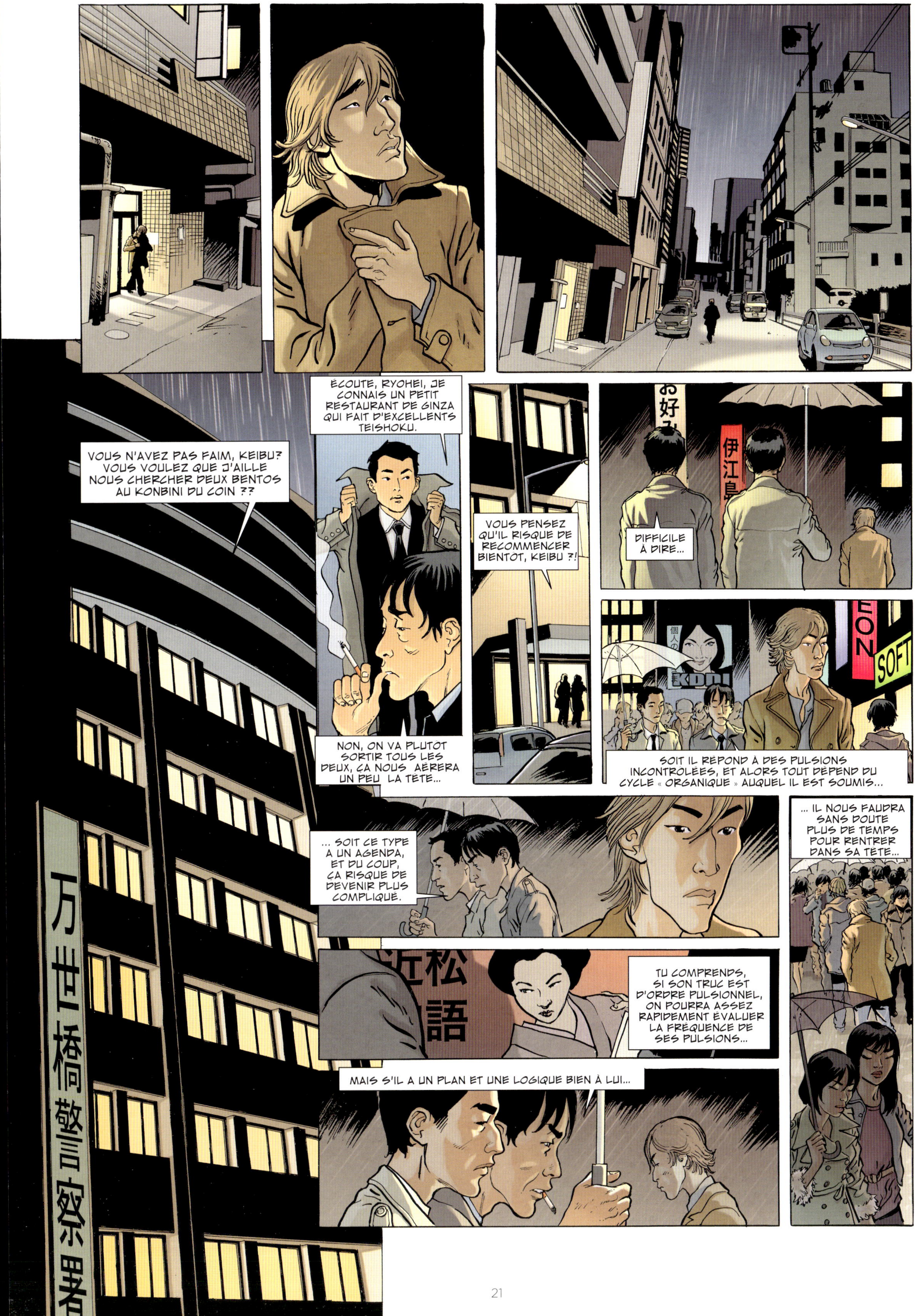
VOUS N'AVEZ PAS FAIM, KEIBU? VOUS VOULEZ QUE J'AILLE NOUS CHERCHER DEUX BENTOS AU KONBINI DU COIN ??
ÉCOUTE, RYOHEI, JE CONNAIS UN PETIT RESTAURANT DE GINZA QUI FAIT D'EXCELLENTS TEISHOKU.
NON, ON VA PLUTOT SORTIR TOUS LES DEUX, ÇA NOUS AÉRERA UN PEU LA TETE...
VOUS PENSEZ QU'IL RISQUE DE RECOMMENCER BIENTOT, KEIBU ?!
DIFFICILE À DIRE...
SOIT IL RÉPOND À DES PULSIONS INCONTROLÉES, ET ALORS TOUT DÉPEND DU CYCLE « ORGANIQUE » AUQUEL IL EST SOUMIS...
... SOIT CE TYPE A UN AGENDA, ET DU COUP, ÇA RISQUE DE DEVENIR PLUS COMPLIQUÉ.
... IL NOUS FAUDRA SANS DOUTE PLUS DE TEMPS POUR RENTRER DANS SA TETE...
TU COMPRENDS, SI SON TRUC EST D'ORDRE PULSIONNEL, ON POURRA ASSEZ RAPIDEMENT ÉVALUER LA FRÉQUENCE DE SES PULSIONS...
MAIS S'IL A UN PLAN ET UNE LOGIQUE BIEN À LUI...
万世橋警察署

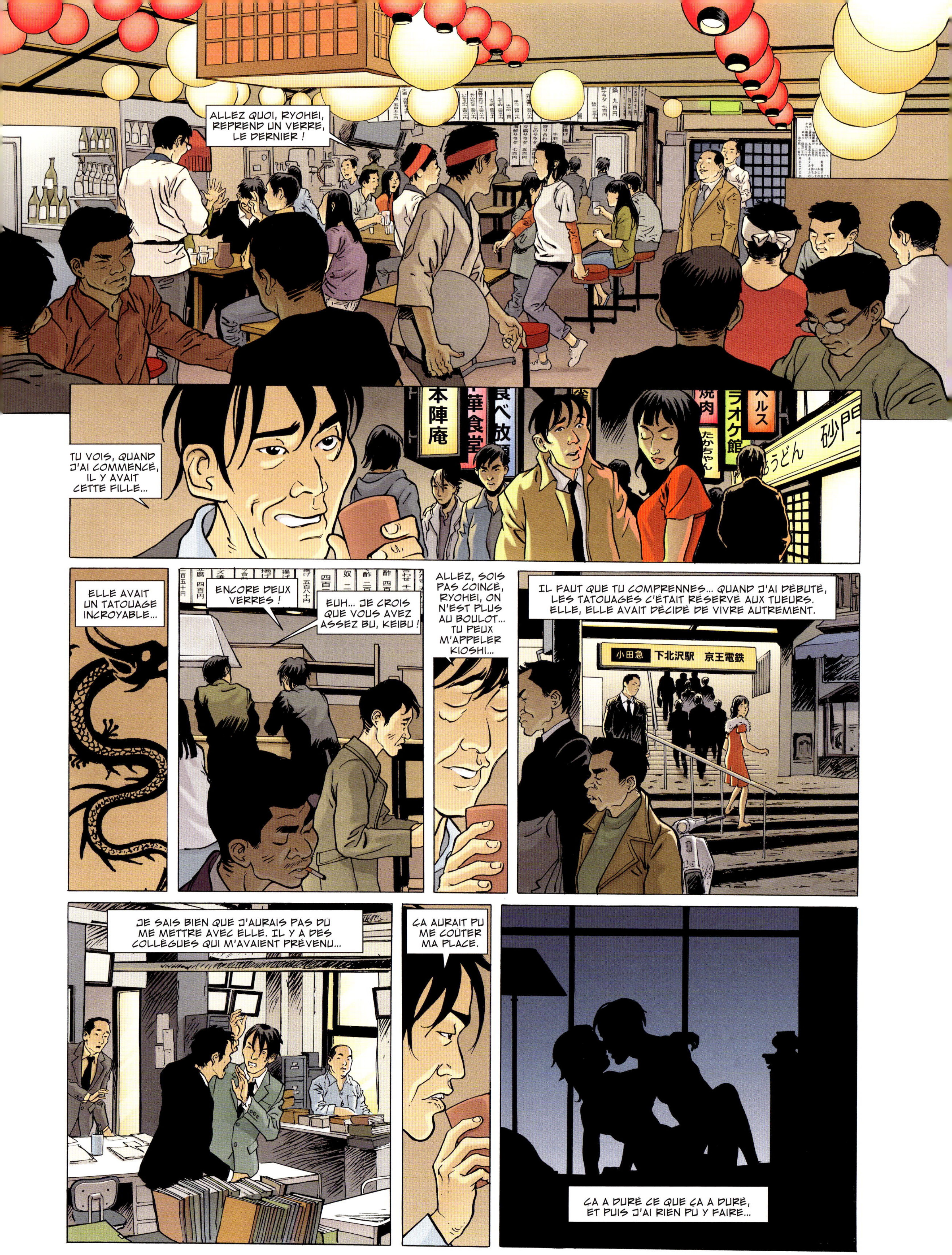
ALLEZ QUOI, RYOHEI, REPREND UN VERRE, LE DERNIER !
TU VOIS, QUAND J'AI COMMENCÉ, IL Y AVAIT CETTE FILLE...
ELLE AVAIT UN TATOUAGE INCROYABLE...
ENCORE DEUX VERRES !
EUH... JE CROIS QUE VOUS AVEZ ASSEZ BU, KEIBU !
ALLEZ, SOIS PAS COINCÉ, RYOHEI, ON N'EST PLUS AU BOULOT... TU PEUX M'APPELER KIOSHI...
IL FAUT QUE TU COMPRENNES... QUAND J'AI DÉBUTÉ, LES TATOUAGES C'ÉTAIT RÉSERVÉ AUX TUEURS. ELLE, ELLE AVAIT DÉCIDÉ DE VIVRE AUTREMENT.
JE SAIS BIEN QUE J'AURAIS PAS DÛ ME METTRE AVEC ELLE. IL Y A DES COLLÈGUES QUI M'AVAIENT PRÉVENU...
ÇA AURAIT PU ME COÛTER MA PLACE.
ÇA A DURÉ CE QUE ÇA A DURÉ, ET PUIS J'AI RIEN PU Y FAIRE...

QUAND ON L'A RETROUVÉE... JE SAIS PAS CE QUI A ÉTÉ LE PLUS DUR.
ELLE AVAIT À PEINE ÉTÉ TOUCHÉE... SAUF PAR LA BALLE QUI L'A TUÉE.
APRÈS QUAND JE ME SUIS MARIÉ, J'AI JAMAIS VRAIMENT PU L'OUBLIER...
JE RENTRAIS PRESQUE JAMAIS LE SOIR...
QUAND MA FEMME M'A QUITTÉ AVEC LES GOSSES, ÇA M'A UN PEU SURPRIS...
ÇA NON PLUS, ÇA SE FAISAIT PAS À L'ÉPOQUE.
FINALEMENT ELLE AUSSI, ELLE AVAIT DÉCIDÉ DE VIVRE AUTREMENT...
TOUT CHANGE, TU VOIS... MÊME MOI J'AI CHANGÉ...
MAIS JE CROIS QUE SI C'ÉTAIT À REFAIRE, JE SERAIS ASSEZ CON POUR REFAIRE EXACTEMENT PAREIL...
...
PLOK
KEIBUHO ?!
KEIBUHO ?!

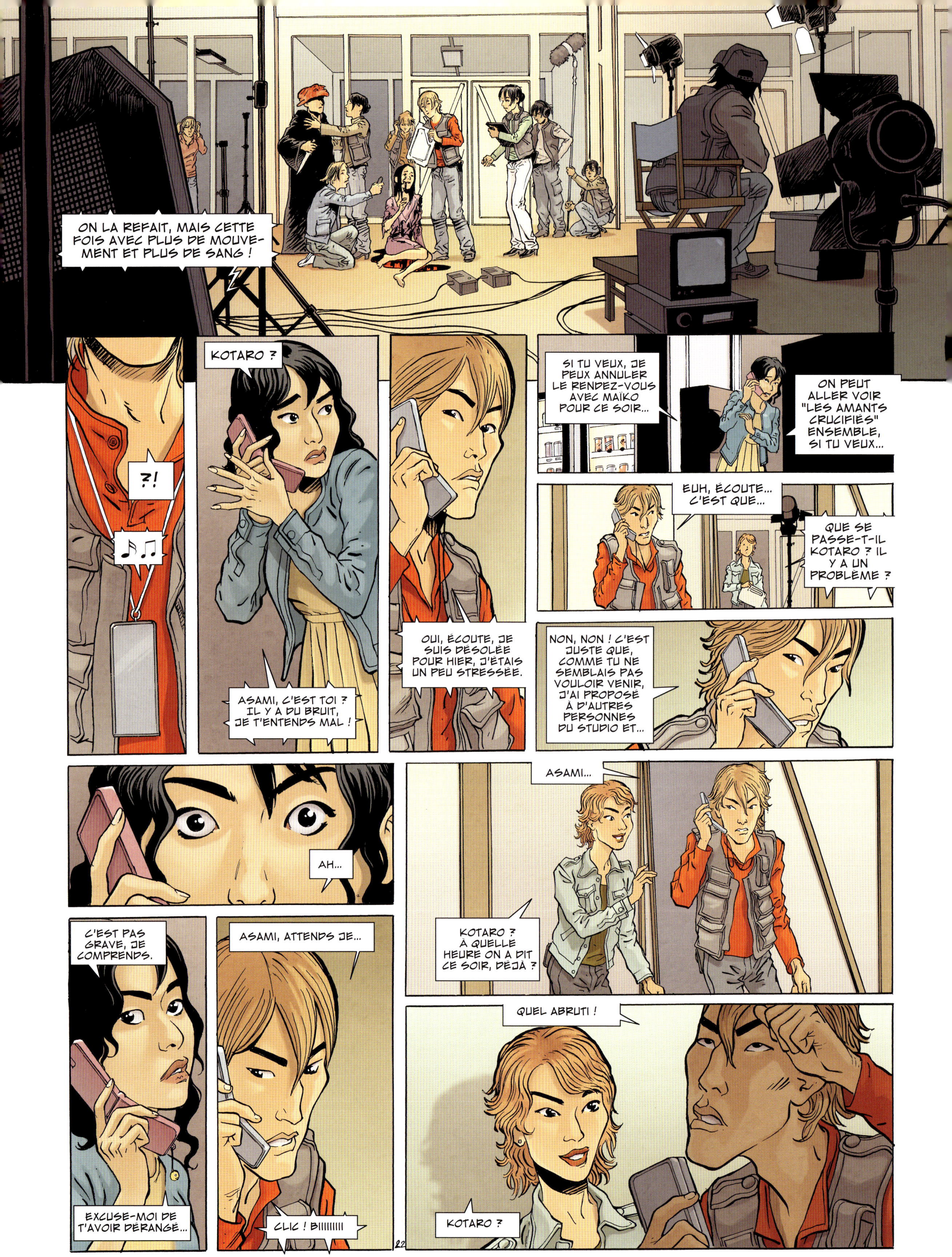
ON LA REFAIT, MAIS CETTE FOIS AVEC PLUS DE MOUVEMENT ET PLUS DE SANG !
?!
♪♫
KOTARO ?
ASAMI, C'EST TOI ? IL Y A DU BRUIT, JE T'ENTENDS MAL !
OUI, ÉCOUTE, JE SUIS DÉSOLÉE POUR HIER, J'ÉTAIS UN PEU STRESSÉE.
SI TU VEUX, JE PEUX ANNULER LE RENDEZ-VOUS AVEC MAÏKO POUR CE SOIR...
ON PEUT ALLER VOIR "LES AMANTS CRUCIFIÉS" ENSEMBLE, SI TU VEUX...
EUH, ÉCOUTE... C'EST QUE...
QUE SE PASSE-T-IL KOTARO ? IL Y A UN PROBLÈME ?
NON, NON ! C'EST JUSTE QUE, COMME TU NE SEMBLAIS PAS VOULOIR VENIR, J'AI PROPOSÉ À D'AUTRES PERSONNES DU STUDIO ET...
AH...
ASAMI...
KOTARO ? À QUELLE HEURE ON A DIT CE SOIR, DÉJÀ ?
C'EST PAS GRAVE, JE COMPRENDS.
EXCUSE-MOI DE T'AVOIR DÉRANGÉ...
ASAMI, ATTENDS JE...
CLIC ! BIIIIIIII
QUEL ABRUTI !
KOTARO ?

東京メトロ
TOKYO METRO
秋葉原駅
akihabara sta
秋葉原駅
日比谷線
ASAMI !!!
ALORS VOILÀ, JE TE PRÉSENTE:
YUKINO...
... MIKI...
ET KAHO!
ALLEZ, VIENS, ON VA ALLER BOIRE UN VERRE TOUTES ENSEMBLE...
XBOX360
Canon
Yodobashi-Akiba
ET TU POURRAS NOUS POSER TOUTES LES QUESTIONS QUE TU VEUX, ENFIN PRESQUE...
TU ES SÛR QUE ÇA VA ÊTRE BIEN ? IL A L'AIR VIEUX TON FILM, LÀ ... ET EN NOIR ET BLANC, EN PLUS !
QUOI ? MAIS C'EST UN SUPER CLASSIQUE ! TU VAS VOIR, LA PHOTOGRAPHIE EST EXTRAORDINAIRE...
OUI, J'IMAGINE QUE ÇA PEUT AVOIR SON IMPORTANCE.
AH, ÇA COMMENCE !
TU VOIS, ÇA N'A RIEN À VOIR AVEC CE QUE TU IMAGINES ! C'EST PAS COMME SI ON ÉTAIT UNE BANDE DE MONOMANIAQUES COINCÉES DANS LEUR TRIP.
MAIS J'AI JAMAIS DIT ÇA...
MAÏKO NOUS A EXPLIQUÉ : ÇA A L'AIR COMPLIQUÉ TON TRUC, LÀ, TON ÉTUDE...
... COMPLIQUÉ ET UN PEU SPÉCIAL...
OUAIS, C'EST MÊME CARRÉMENT BIZARRE.
PAS VRAIMENT, SI VOUS Y RÉFLÉCHISSEZ BIEN. J'ESSAIE JUSTE DE COMPRENDRE, ET ÇA DEMANDE DE PRENDRE UN PEU DE RECUL ET...
PFFF ! POURQUOI COMPRENDRE, ON PEUT SE CONTENTER DE VIVRE, C'EST DÉJÀ PAS SI MAL, NON ?
OUI, À FORCE DE TE METTRE DE CÔTÉ POUR COMPRENDRE, TU VAS FINIR PAR RATER LE COCHE, MA BELLE !

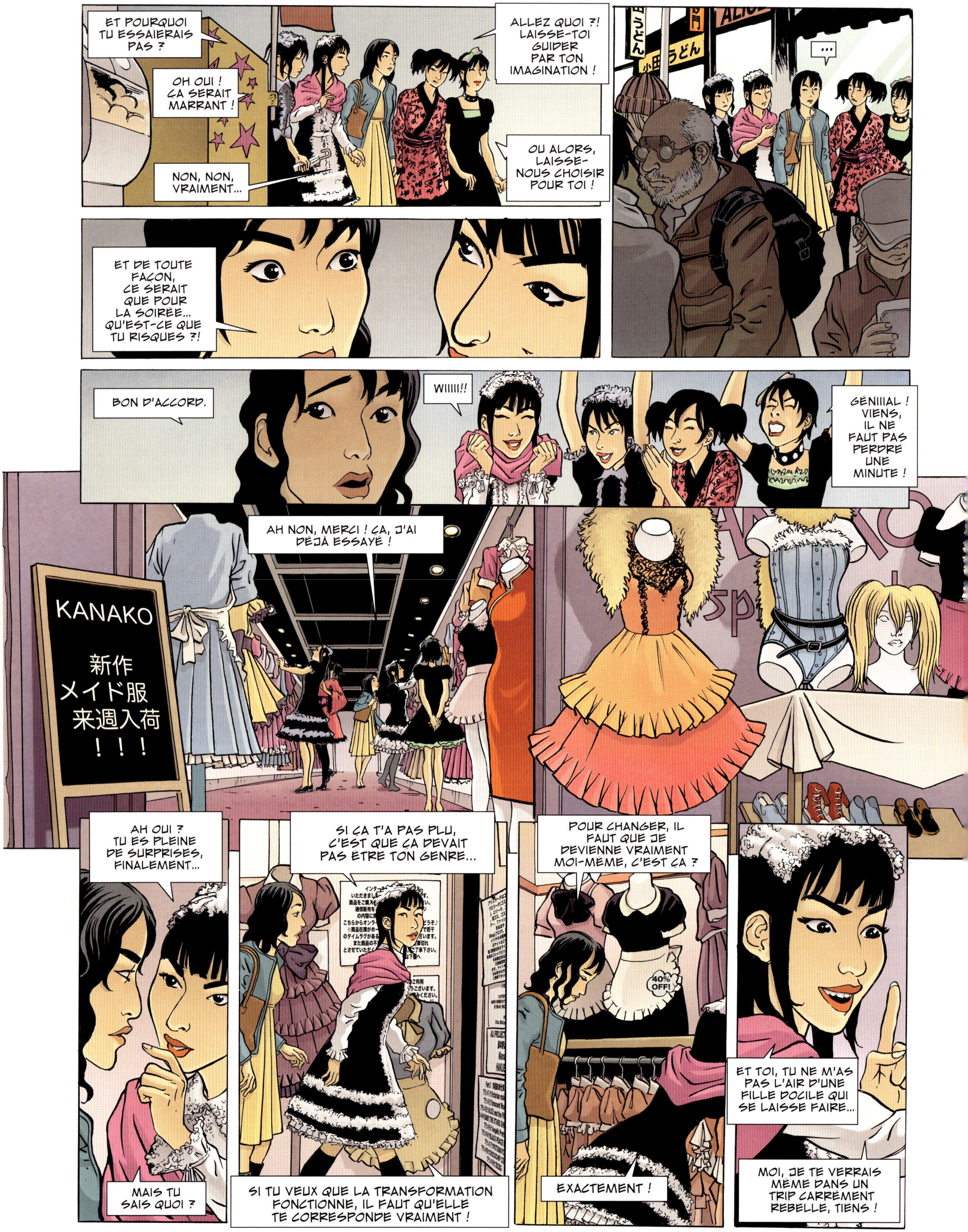
ET POURQUOI TU ESSAIERAIS PAS ?
OH OUI ! ÇA SERAIT MARRANT !
NON, NON, VRAIMENT...
ALLEZ QUOI ?! LAISSE-TOI GUIDER PAR TON IMAGINATION !
OU ALORS, LAISSE-NOUS CHOISIR POUR TOI !
...
ET DE TOUTE FAÇON, CE SERAIT QUE POUR LA SOIRÉE... QU'EST-CE QUE TU RISQUES ?!
BON D'ACCORD.
WIIIII!!
GÉNIIIAL ! VIENS, IL NE FAUT PAS PERDRE UNE MINUTE !
AH NON, MERCI ! ÇA, J'AI DÉJÀ ESSAYÉ !
KANAKO
新作
メイド服
来週入荷
！！！
AH OUI ? TU ES PLEINE DE SURPRISES, FINALEMENT...
MAIS TU SAIS QUOI ?
SI ÇA T'A PAS PLU, C'EST QUE ÇA DEVAIT PAS ÊTRE TON GENRE...
SI TU VEUX QUE LA TRANSFORMATION FONCTIONNE, IL FAUT QU'ELLE TE CORRESPONDE VRAIMENT !
POUR CHANGER, IL FAUT QUE JE DEVIENNE VRAIMENT MOI-MÊME, C'EST ÇA ?
40% OFF!
EXACTEMENT !
ET TOI, TU NE M'AS PAS L'AIR D'UNE FILLE DOCILE QUI SE LAISSE FAIRE...
MOI, JE TE VERRAIS MÊME DANS UN TRIP CARRÉMENT REBELLE, TIENS !

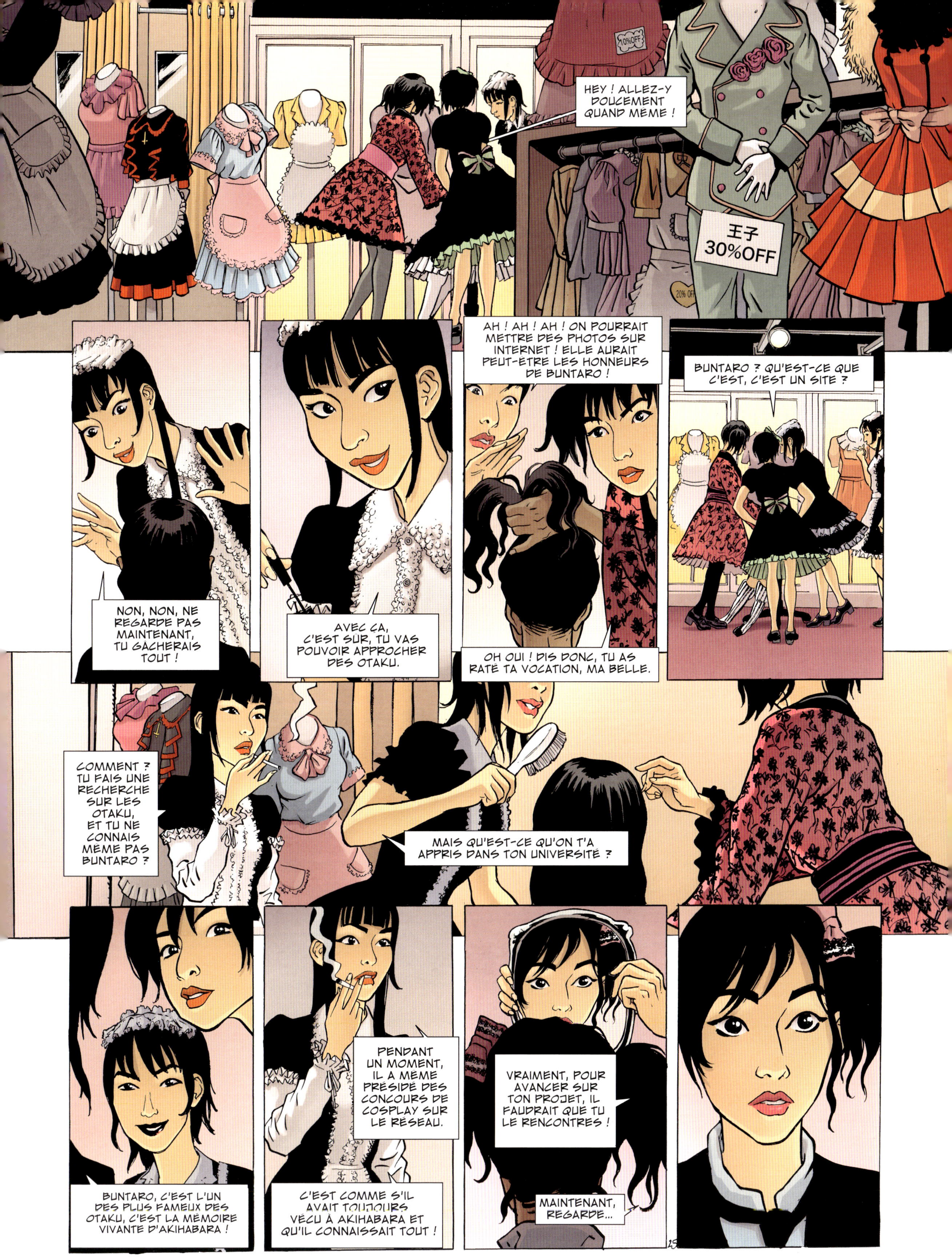
HEY ! ALLEZ-Y DOUCEMENT QUAND MÊME !
王子 30%OFF
NON, NON, NE REGARDE PAS MAINTENANT, TU GÂCHERAIS TOUT !
AVEC ÇA, C'EST SÛR, TU VAS POUVOIR APPROCHER DES OTAKU.
AH ! AH ! AH ! ON POURRAIT METTRE DES PHOTOS SUR INTERNET ! ELLE AURAIT PEUT-ÊTRE LES HONNEURS DE BUNTARO !
OH OUI ! DIS DONC, TU AS RATÉ TA VOCATION, MA BELLE.
BUNTARO ? QU'EST-CE QUE C'EST, C'EST UN SITE ?
COMMENT ? TU FAIS UNE RECHERCHE SUR LES OTAKU, ET TU NE CONNAIS MÊME PAS BUNTARO ?
MAIS QU'EST-CE QU'ON T'A APPRIS DANS TON UNIVERSITÉ ?
BUNTARO, C'EST L'UN DES PLUS FAMEUX DES OTAKU, C'EST LA MÉMOIRE VIVANTE D'AKIHABARA !
PENDANT UN MOMENT, IL A MÊME PRÉSIDÉ DES CONCOURS DE COSPLAY SUR LE RÉSEAU.
C'EST COMME S'IL AVAIT TOUJOURS VÉCU À AKIHABARA ET QU'IL CONNAISSAIT TOUT !
VRAIMENT, POUR AVANCER SUR TON PROJET, IL FAUDRAIT QUE TU LE RENCONTRES !
MAINTENANT, REGARDE...

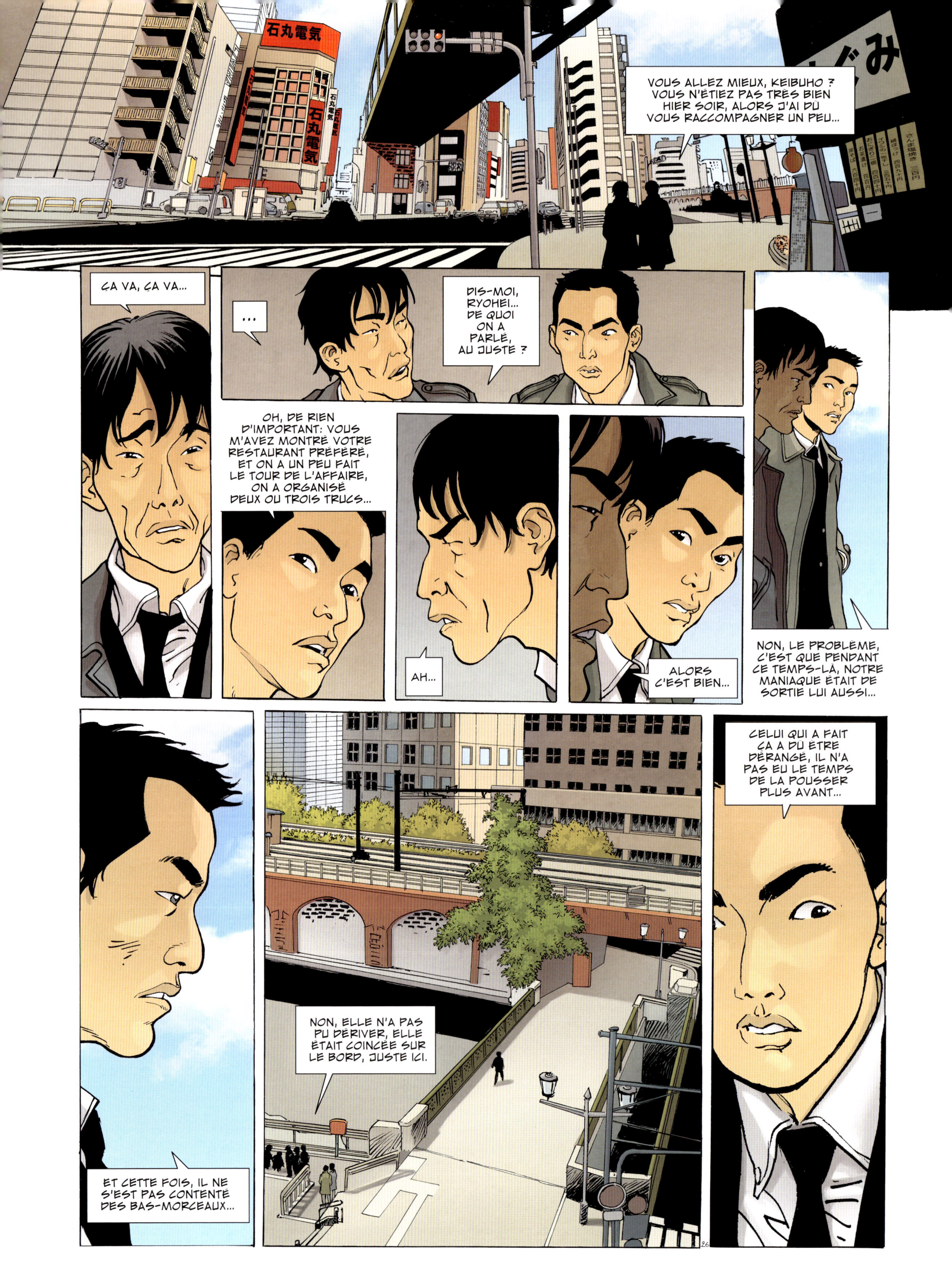
VOUS ALLEZ MIEUX, KEIBUHO ? VOUS N'ÉTIEZ PAS TRÈS BIEN HIER SOIR, ALORS J'AI DÛ VOUS RACCOMPAGNER UN PEU...
ÇA VA, ÇA VA...
...
DIS-MOI, RYOHEI... DE QUOI ON A PARLÉ, AU JUSTE ?
OH, DE RIEN D'IMPORTANT: VOUS M'AVEZ MONTRÉ VOTRE RESTAURANT PRÉFÉRÉ, ET ON A UN PEU FAIT LE TOUR DE L'AFFAIRE, ON A ORGANISÉ DEUX OU TROIS TRUCS...
AH...
ALORS C'EST BIEN...
NON, LE PROBLÈME, C'EST QUE PENDANT CE TEMPS-LÀ, NOTRE MANIAQUE ÉTAIT DE SORTIE LUI AUSSI...
ET CETTE FOIS, IL NE S'EST PAS CONTENTÉ DES BAS-MORCEAUX...
NON, ELLE N'A PAS PU DÉRIVER, ELLE ÉTAIT COINCÉE SUR LE BORD, JUSTE ICI.
CELUI QUI A FAIT ÇA A DÛ ÊTRE DÉRANGÉ, IL N'A PAS EU LE TEMPS DE LA POUSSER PLUS AVANT...

DITES, KEIBU... VOUS CROYEZ QU'IL FAIT ÇA PAR PROVOCATION ?
PAR PROVOCATION ?
OUI, CES MISES EN SCÈNE ? EST-CE QUE C'EST COMME UN JEU ?
IL ESSAIE PEUT-ÊTRE DE NOUS DÉMONTRER QUELQUE CHOSE ?
NON, JE NE CROIS PAS...
?!
SON VISAGE ? ÇA NE POURRAIT PAS ÊTRE LES POISSONS, NON ?
NE TE FATIGUE PAS, RYOHEI...
JE NE CROIS PAS QUE CES MISES EN SCÈNE NOUS SOIENT DESTINÉES...

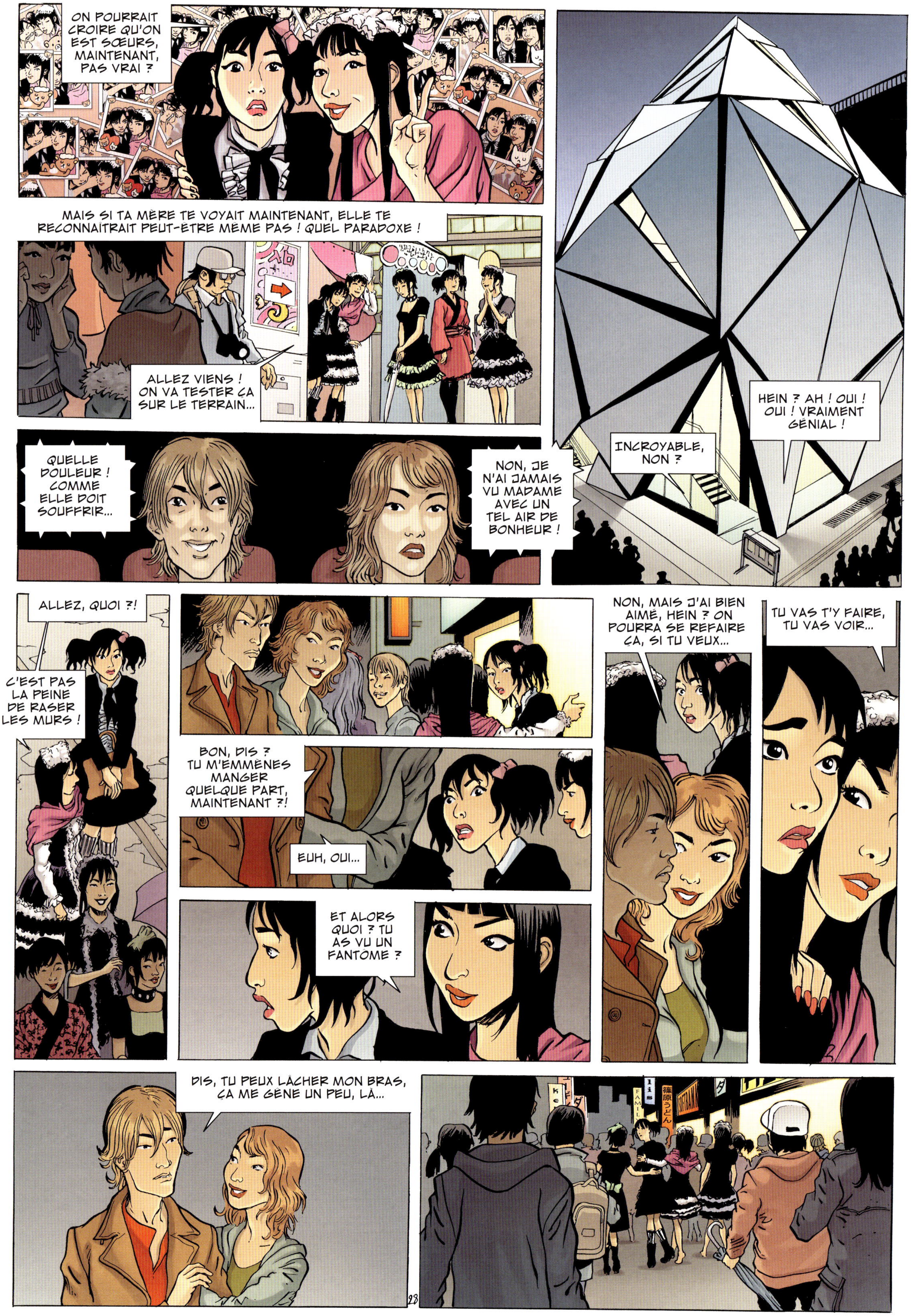
ON POURRAIT CROIRE QU'ON EST SŒURS, MAINTENANT, PAS VRAI ?
MAIS SI TA MÈRE TE VOYAIT MAINTENANT, ELLE TE RECONNAITRAIT PEUT-ÊTRE MÊME PAS ! QUEL PARADOXE !
ALLEZ VIENS ! ON VA TESTER ÇA SUR LE TERRAIN...
QUELLE DOULEUR ! COMME ELLE DOIT SOUFFRIR...
NON, JE N'AI JAMAIS VU MADAME AVEC UN TEL AIR DE BONHEUR !
INCROYABLE, NON ?
HEIN ? AH ! OUI ! OUI ! VRAIMENT GÉNIAL !
ALLEZ, QUOI ?!
C'EST PAS LA PEINE DE RASER LES MURS !
BON, DIS ? TU M'EMMÈNES MANGER QUELQUE PART, MAINTENANT ?!
EUH, OUI...
ET ALORS QUOI ? TU AS VU UN FANTÔME ?
NON, MAIS J'AI BIEN AIMÉ, HEIN ? ON POURRA SE REFAIRE ÇA, SI TU VEUX...
TU VAS T'Y FAIRE, TU VAS VOIR...
DIS, TU PEUX LÂCHER MON BRAS, ÇA ME GÊNE UN PEU, LÀ...

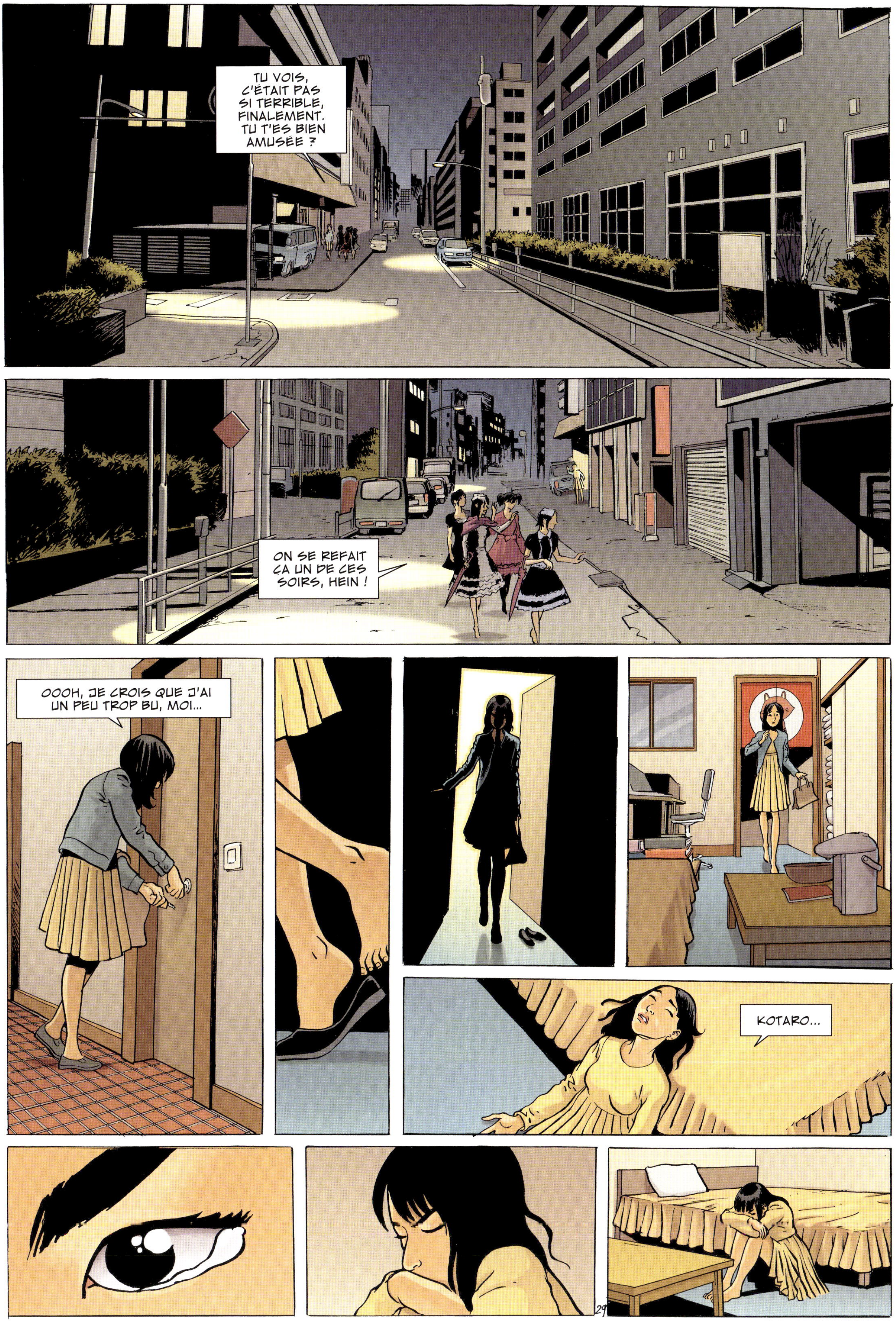
TU VOIS, C'ÉTAIT PAS SI TERRIBLE, FINALEMENT. TU T'ES BIEN AMUSÉE ?
ON SE REFAIT ÇA UN DE CES SOIRS, HEIN !
OOOH, JE CROIS QUE J'AI UN PEU TROP BU, MOI...
KOTARO...

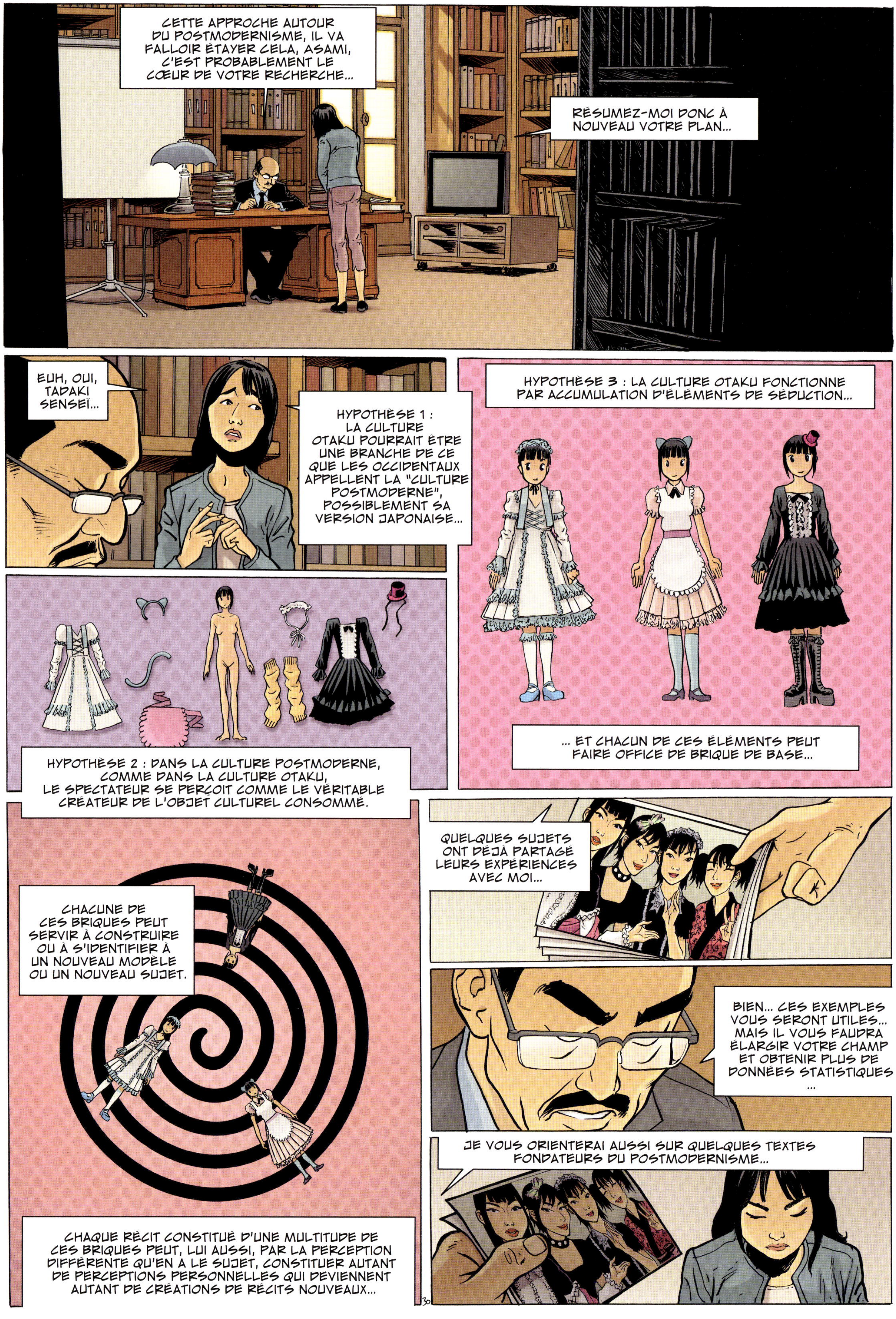

CETTE APPROCHE AUTOUR DU POSTMODERNISME, IL VA FALLOIR ÉTAYER CELA, ASAMI, C'EST PROBABLEMENT LE CŒUR DE VOTRE RECHERCHE...
RÉSUMEZ-MOI DONC À NOUVEAU VOTRE PLAN...
EUH, OUI, TADAKI SENSEÏ...
HYPOTHÈSE 1 : LA CULTURE OTAKU POURRAIT ÊTRE UNE BRANCHE DE CE QUE LES OCCIDENTAUX APPELLENT LA "CULTURE POSTMODERNE", POSSIBLEMENT SA VERSION JAPONAISE...
HYPOTHÈSE 2 : DANS LA CULTURE POSTMODERNE, COMME DANS LA CULTURE OTAKU, LE SPECTATEUR SE PERÇOIT COMME LE VÉRITABLE CRÉATEUR DE L'OBJET CULTUREL CONSOMMÉ.
HYPOTHÈSE 3 : LA CULTURE OTAKU FONCTIONNE PAR ACCUMULATION D'ÉLÉMENTS DE SÉDUCTION...
... ET CHACUN DE CES ÉLÉMENTS PEUT FAIRE OFFICE DE BRIQUE DE BASE...
CHACUNE DE CES BRIQUES PEUT SERVIR À CONSTRUIRE OU À S'IDENTIFIER À UN NOUVEAU MODÈLE OU UN NOUVEAU SUJET.
CHAQUE RÉCIT CONSTITUÉ D'UNE MULTITUDE DE CES BRIQUES PEUT, LUI AUSSI, PAR LA PERCEPTION DIFFÉRENTE QU'EN A LE SUJET, CONSTITUER AUTANT DE PERCEPTIONS PERSONNELLES QUI DEVIENNENT AUTANT DE CRÉATIONS DE RÉCITS NOUVEAUX...
QUELQUES SUJETS ONT DÉJÀ PARTAGÉ LEURS EXPÉRIENCES AVEC MOI...
BIEN... CES EXEMPLES VOUS SERONT UTILES... MAIS IL VOUS FAUDRA ÉLARGIR VOTRE CHAMP ET OBTENIR PLUS DE DONNÉES STATISTIQUES ...
JE VOUS ORIENTERAI AUSSI SUR QUELQUES TEXTES FONDATEURS DU POSTMODERNISME...
30

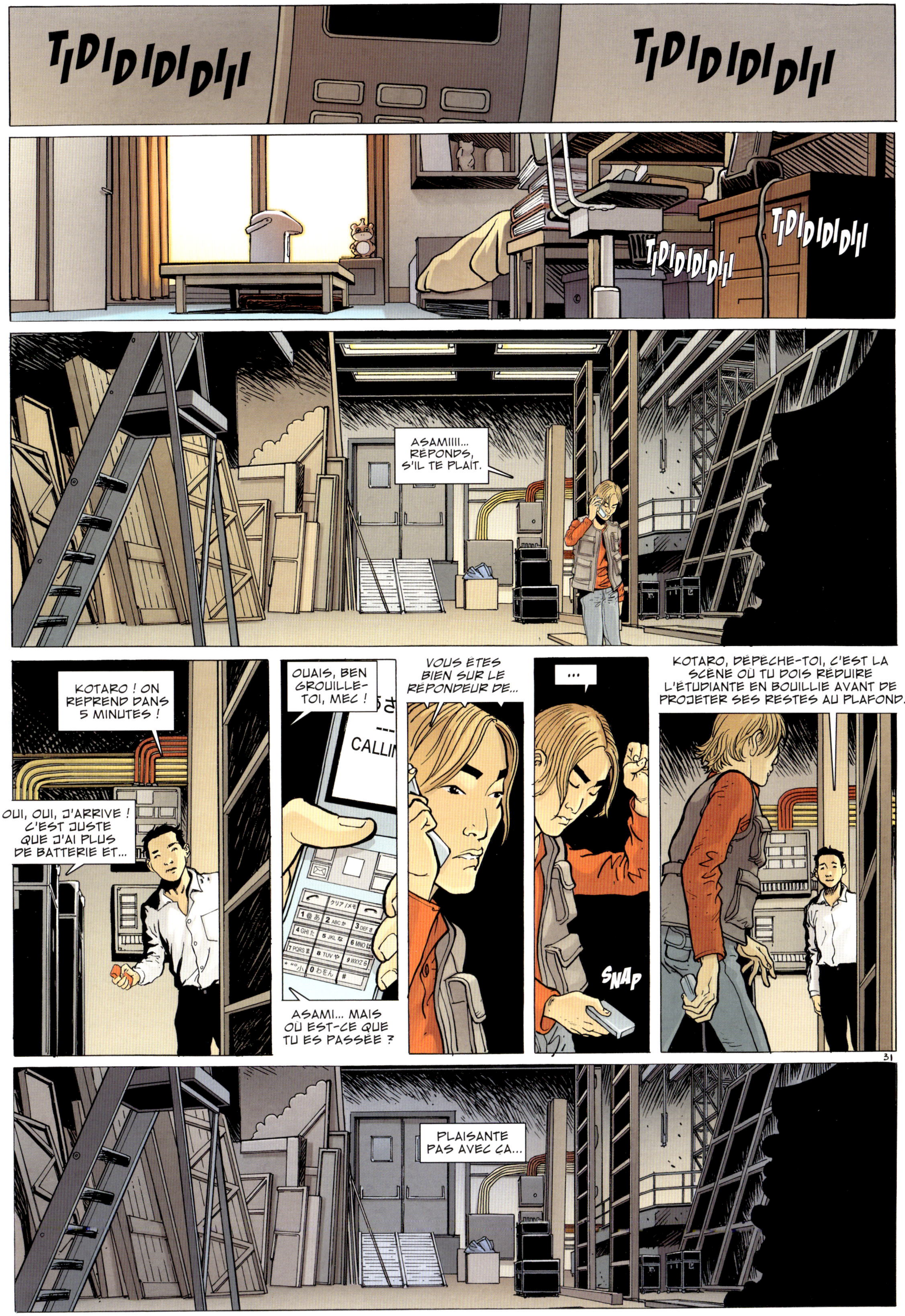

TIDIDIDIDIII
TIDIDIDIDIII
TIDIDIDIDIII
TIDIDIDIDIII
ASAMIIII... RÉPONDS, S'IL TE PLAIT.
KOTARO ! ON REPREND DANS 5 MINUTES !
OUI, OUI, J'ARRIVE ! C'EST JUSTE QUE J'AI PLUS DE BATTERIE ET...
OUAIS, BEN GROUILLE-TOI, MEC !
CALLIN
ASAMI... MAIS OÙ EST-CE QUE TU ES PASSÉE ?
VOUS ÊTES BIEN SUR LE RÉPONDEUR DE...
...
SNAP
KOTARO, DÉPÊCHE-TOI, C'EST LA SCÈNE OÙ TU DOIS RÉDUIRE L'ÉTUDIANTE EN BOUILLIE AVANT DE PROJETER SES RESTES AU PLAFOND.
PLAISANTE PAS AVEC ÇA...

À PART UNE OU DEUX EMPREINTES QUI SEMBLENT COÏNCIDER, ON N'EST MÊME PAS ENCORE SÛRS QU'IL S'AGISSE DU MÊME HOMME, KEIBU ARAKAWA ?
C'EST LE MÊME, RYOHEI, TU PEUX ME FAIRE CONFIANCE...
AH ? VOUS PENSEZ AVOIR TROUVÉ QUELQUE CHOSE ?
KEIBU ?
MMM ?
NON, RYOHEI, RIEN DE PLUS QU'UNE INTUITION...
MAIS IL SE FAIT TARD, JE SUIS FATIGUÉ...
ET TOI, TU DEVRAIS RENTRER : TA FEMME ET TES GOSSES VONT S'IMPATIENTER...
NE VOUS INQUIÉTEZ PAS KEIBU, JE VOUS L'AI DÉJÀ DIT : MA FEMME COMPREND CE QUE NOUS FAISONS...
... ELLE ME LE DIT TOUJOURS !
TOUT CHANGE RYOHEI ... TOUT CHANGE ...
?!
A
S
O
W
B
... DES SANGAKU ?!

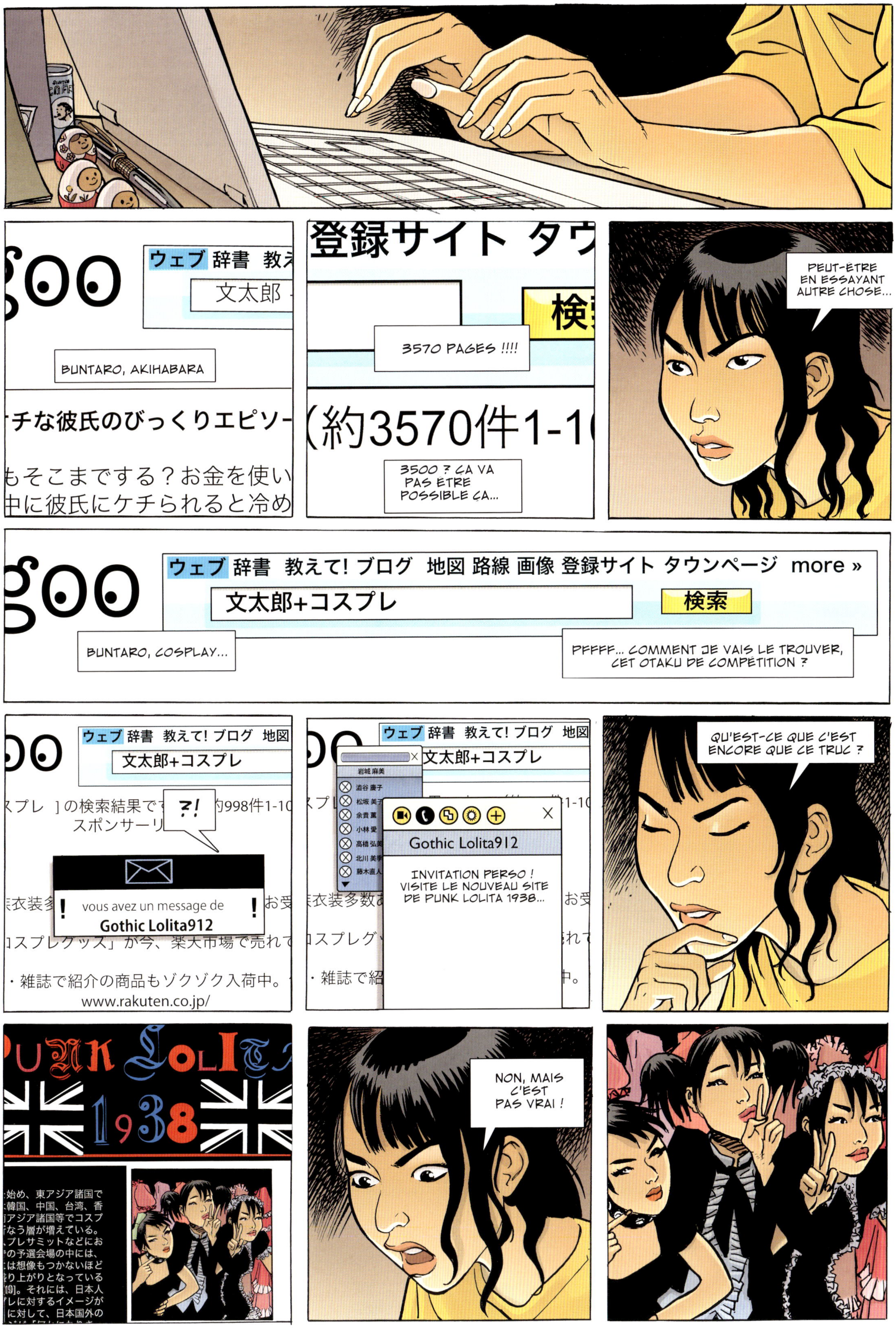
BUNTARO, AKIHABARA
3570 PAGES !!!!
3500 ? ÇA VA PAS ÊTRE POSSIBLE ÇA...
PEUT-ÊTRE EN ESSAYANT AUTRE CHOSE...
ウェブ 辞書 教えて! ブログ 地図 路線 画像 登録サイト タウンページ more »
文太郎+コスプレ
検索
BUNTARO, COSPLAY...
PFFFF... COMMENT JE VAIS LE TROUVER, CET OTAKU DE COMPÉTITION ?
?!
vous avez un message de
Gothic Lolita912
www.rakuten.co.jp/
Gothic Lolita912
INVITATION PERSO ! VISITE LE NOUVEAU SITE DE PUNK LOLITA 1938...
QU'EST-CE QUE C'EST ENCORE QUE CE TRUC ?
PUNK LOLITA
1938
NON, MAIS C'EST PAS VRAI !

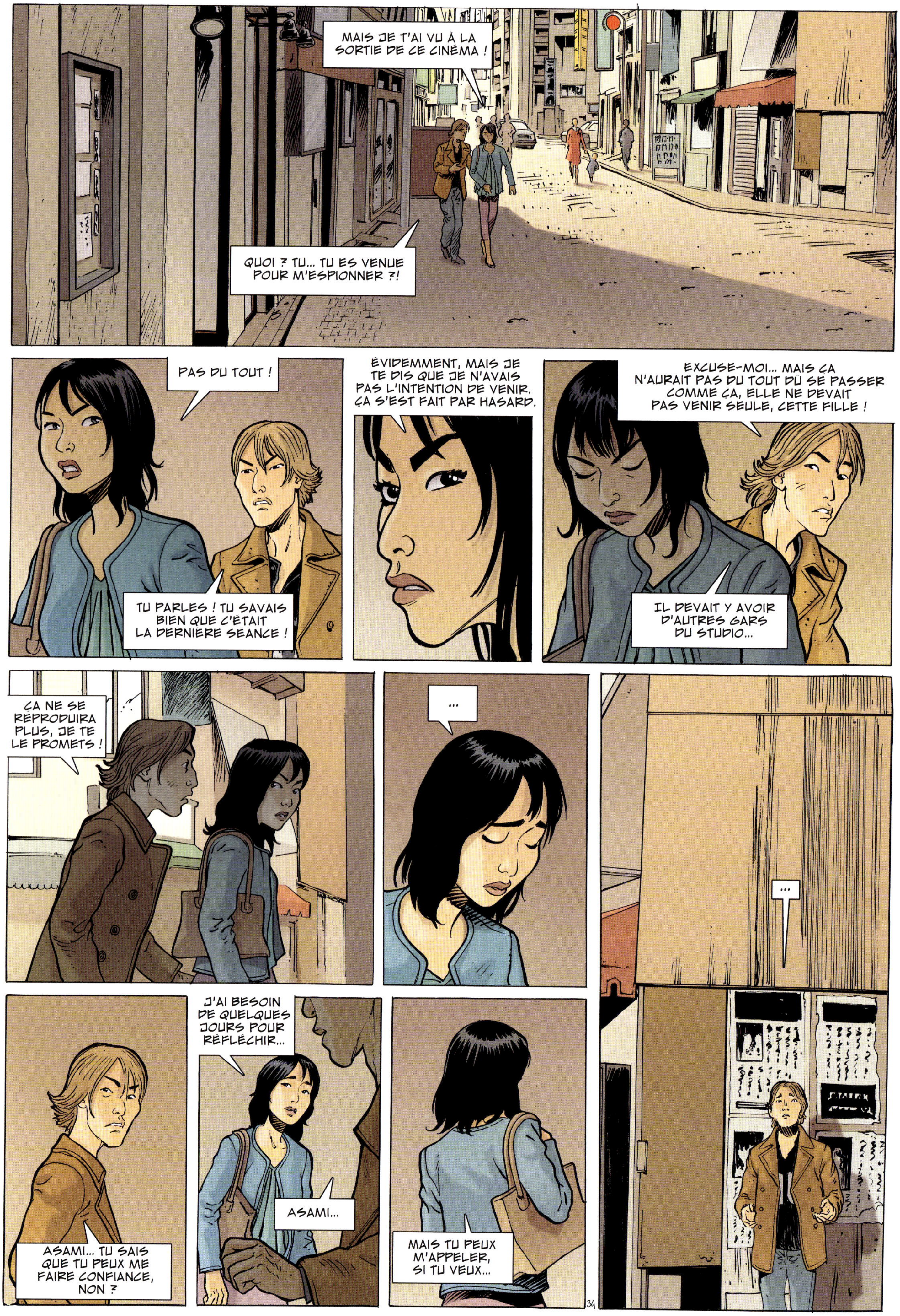
MAIS JE T'AI VU À LA SORTIE DE CE CINÉMA !
QUOI ? TU... TU ES VENUE POUR M'ESPIONNER ?!
PAS DU TOUT !
TU PARLES ! TU SAVAIS BIEN QUE C'ÉTAIT LA DERNIÈRE SÉANCE !
ÉVIDEMMENT, MAIS JE TE DIS QUE JE N'AVAIS PAS L'INTENTION DE VENIR. ÇA S'EST FAIT PAR HASARD.
EXCUSE-MOI... MAIS ÇA N'AURAIT PAS DU TOUT DÛ SE PASSER COMME ÇA, ELLE NE DEVAIT PAS VENIR SEULE, CETTE FILLE !
IL DEVAIT Y AVOIR D'AUTRES GARS DU STUDIO...
ÇA NE SE REPRODUIRA PLUS, JE TE LE PROMETS !
...
...
ASAMI... TU SAIS QUE TU PEUX ME FAIRE CONFIANCE, NON ?
J'AI BESOIN DE QUELQUES JOURS POUR RÉFLÉCHIR...
ASAMI...
MAIS TU PEUX M'APPELER, SI TU VEUX...

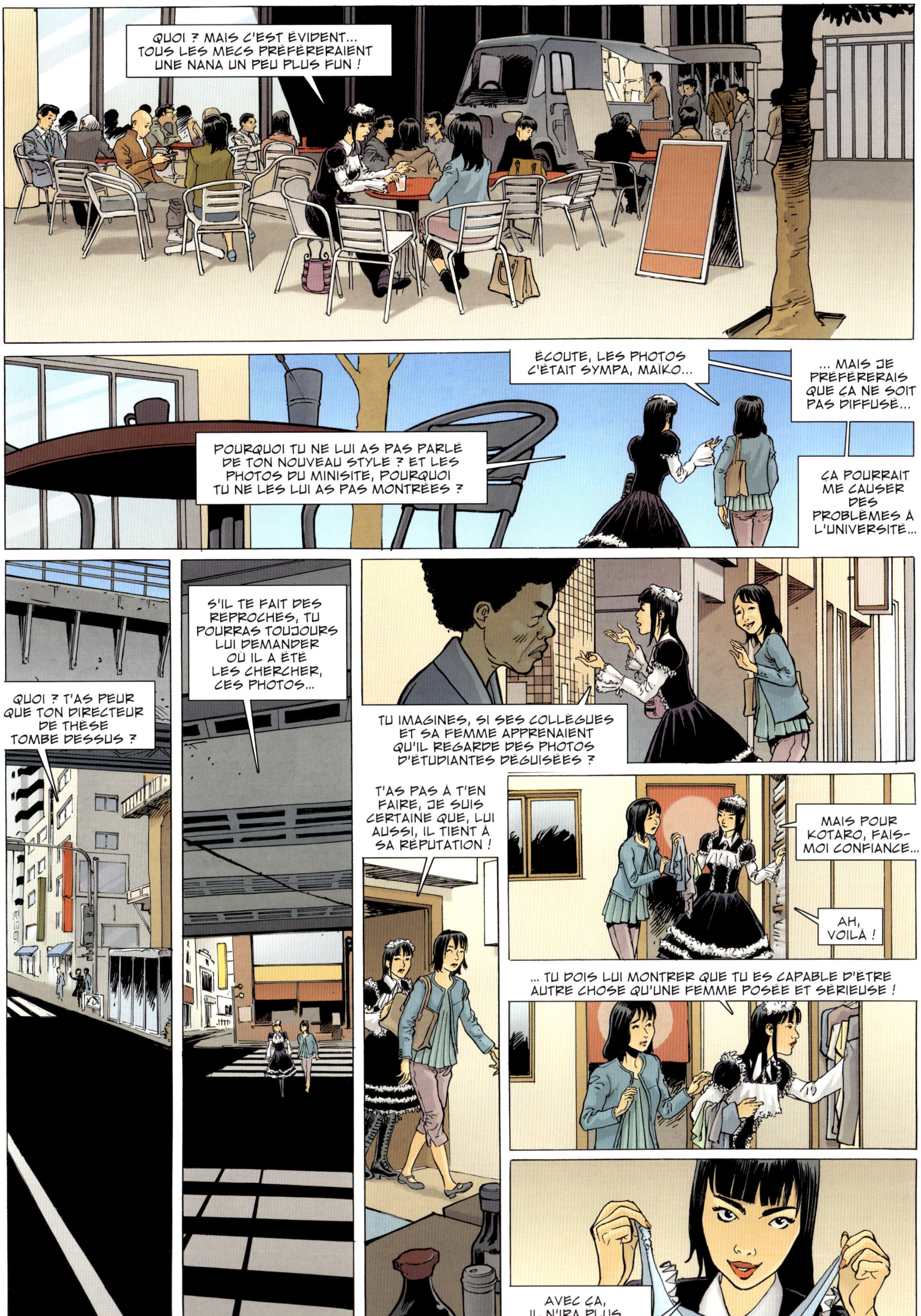
QUOI ? MAIS C'EST ÉVIDENT... TOUS LES MECS PRÉFÉRERAIENT UNE NANA UN PEU PLUS FUN !
POURQUOI TU NE LUI AS PAS PARLÉ DE TON NOUVEAU STYLE ? ET LES PHOTOS DU MINISITE, POURQUOI TU NE LES LUI AS PAS MONTRÉES ?
ÉCOUTE, LES PHOTOS C'ÉTAIT SYMPA, MAÏKO...
... MAIS JE PRÉFÉRERAIS QUE ÇA NE SOIT PAS DIFFUSÉ...
ÇA POURRAIT ME CAUSER DES PROBLÈMES À L'UNIVERSITÉ...
QUOI ? T'AS PEUR QUE TON DIRECTEUR DE THÈSE TOMBE DESSUS ?
S'IL TE FAIT DES REPROCHES, TU POURRAS TOUJOURS LUI DEMANDER OÙ IL A ÉTÉ LES CHERCHER, CES PHOTOS...
TU IMAGINES, SI SES COLLÈGUES ET SA FEMME APPRENAIENT QU'IL REGARDE DES PHOTOS D'ÉTUDIANTES DÉGUISÉES ?
T'AS PAS À T'EN FAIRE, JE SUIS CERTAINE QUE, LUI AUSSI, IL TIENT À SA RÉPUTATION !
MAIS POUR KOTARO, FAIS-MOI CONFIANCE...
AH, VOILÀ !
... TU DOIS LUI MONTRER QUE TU ES CAPABLE D'ÊTRE AUTRE CHOSE QU'UNE FEMME POSÉE ET SÉRIEUSE !
AVEC ÇA, IL N'IRA PLUS VOIR AILLEURS, TON SÉDUCTEUR !

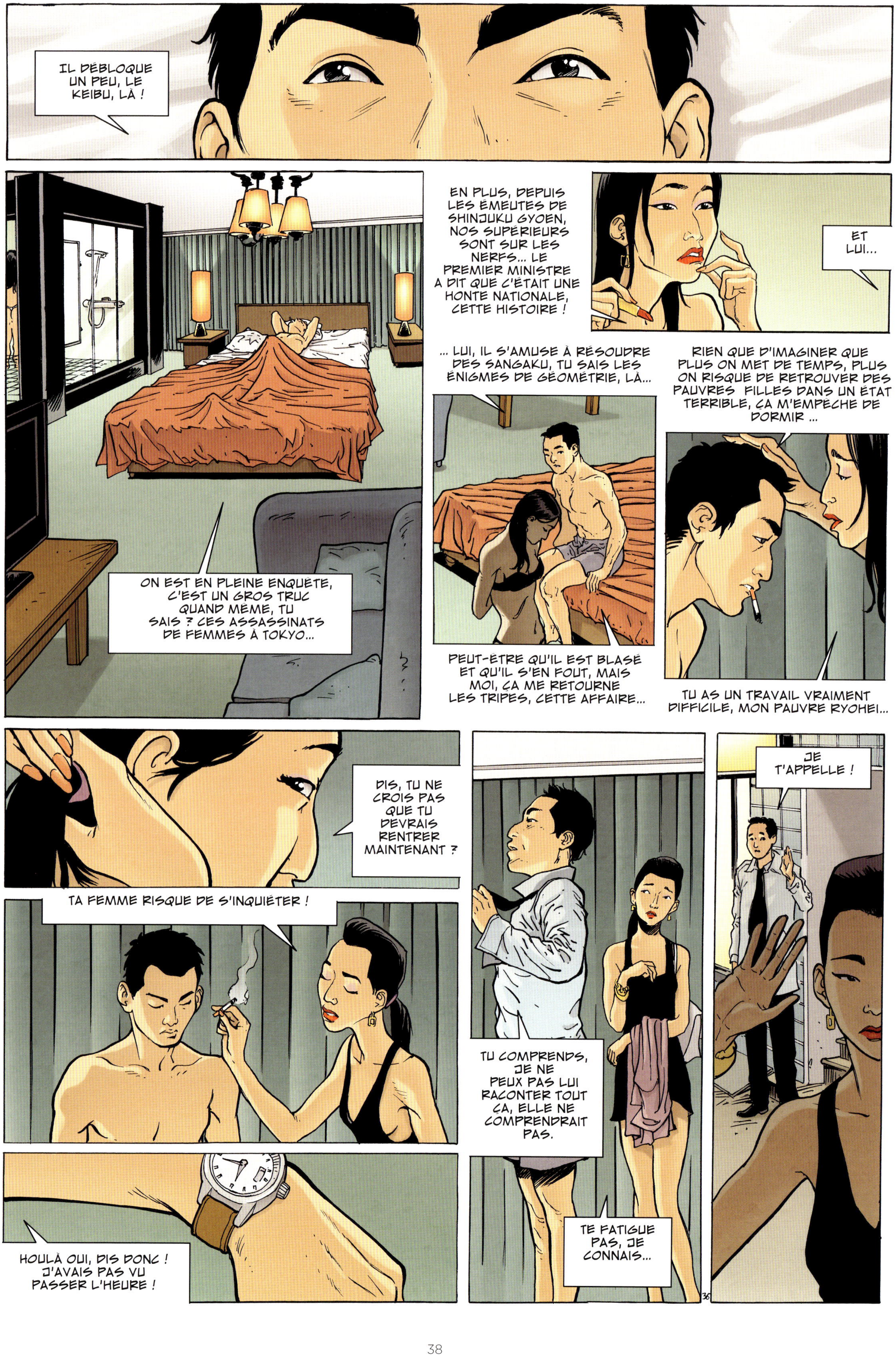
IL DÉBLOQUE UN PEU, LE KEIBU, LÀ !
EN PLUS, DEPUIS LES ÉMEUTES DE SHINJUKU GYOEN, NOS SUPÉRIEURS SONT SUR LES NERFS... LE PREMIER MINISTRE A DIT QUE C'ÉTAIT UNE HONTE NATIONALE, CETTE HISTOIRE !
ET LUI...
ON EST EN PLEINE ENQUÊTE, C'EST UN GROS TRUC QUAND MÊME, TU SAIS ? CES ASSASSINATS DE FEMMES À TOKYO...
... LUI, IL S'AMUSE À RÉSOUDRE DES SANGAKU, TU SAIS LES ÉNIGMES DE GÉOMÉTRIE, LÀ...
PEUT-ÊTRE QU'IL EST BLASÉ ET QU'IL S'EN FOUT, MAIS MOI, ÇA ME RETOURNE LES TRIPES, CETTE AFFAIRE...
RIEN QUE D'IMAGINER QUE PLUS ON MET DE TEMPS, PLUS ON RISQUE DE RETROUVER DES PAUVRES FILLES DANS UN ÉTAT TERRIBLE, ÇA M'EMPÊCHE DE DORMIR ...
TU AS UN TRAVAIL VRAIMENT DIFFICILE, MON PAUVRE RYOHEI...
DIS, TU NE CROIS PAS QUE TU DEVRAIS RENTRER MAINTENANT ?
TA FEMME RISQUE DE S'INQUIÉTER !
HOULÀ OUI, DIS DONC ! J'AVAIS PAS VU PASSER L'HEURE !
TU COMPRENDS, JE NE PEUX PAS LUI RACONTER TOUT ÇA, ELLE NE COMPRENDRAIT PAS.
TE FATIGUE PAS, JE CONNAIS...
JE T'APPELLE !
36

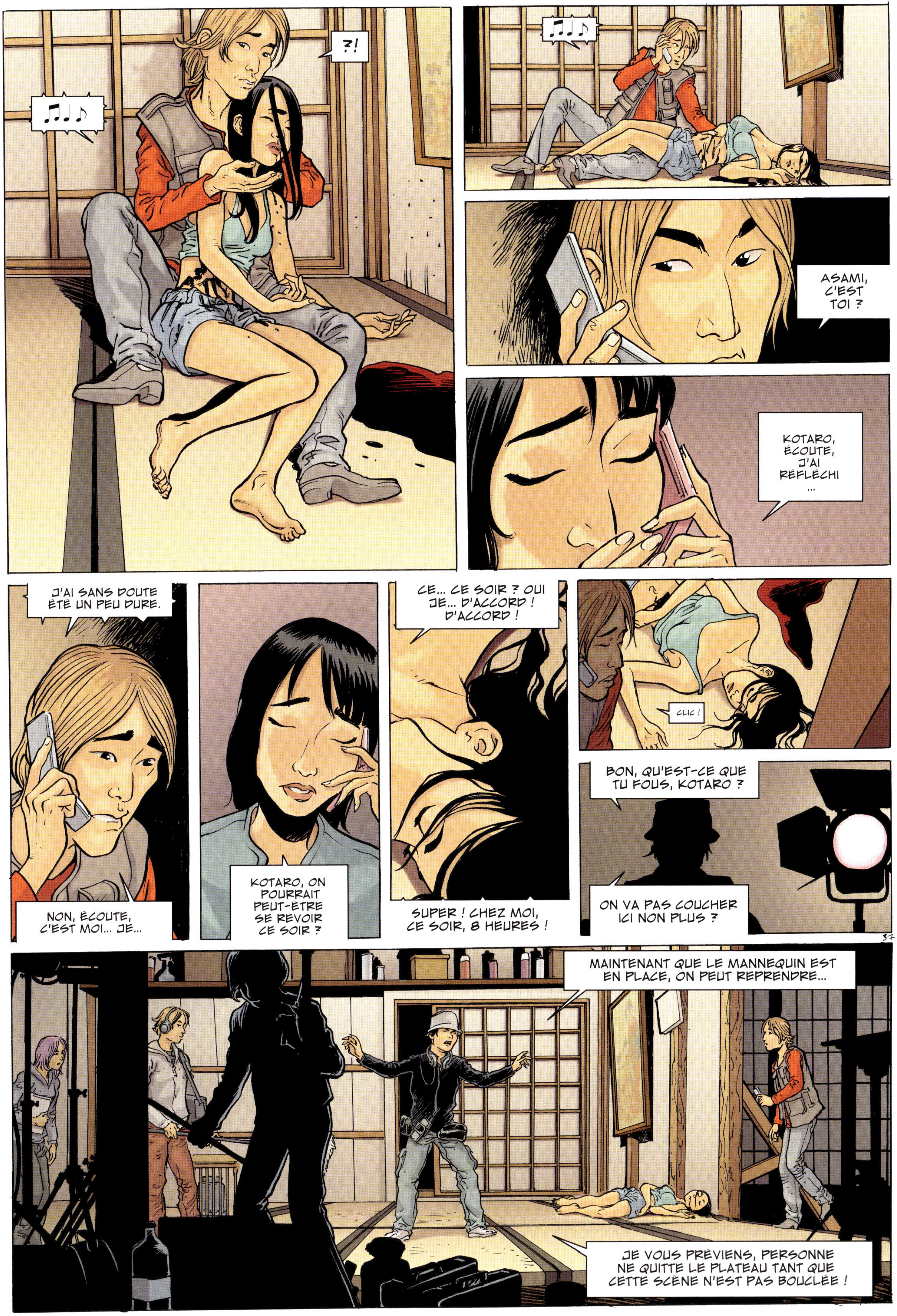
?!
ASAMI, C'EST TOI ?
KOTARO, ÉCOUTE, J'AI RÉFLÉCHI ...
J'AI SANS DOUTE ÉTÉ UN PEU DURE.
NON, ÉCOUTE, C'EST MOI... JE...
KOTARO, ON POURRAIT PEUT-ÊTRE SE REVOIR CE SOIR ?
CE... CE SOIR ? OUI JE... D'ACCORD ! D'ACCORD !
SUPER ! CHEZ MOI, CE SOIR, 8 HEURES !
CLIC !
BON, QU'EST-CE QUE TU FOUS, KOTARO ?
ON VA PAS COUCHER ICI NON PLUS ?
MAINTENANT QUE LE MANNEQUIN EST EN PLACE, ON PEUT REPRENDRE...
JE VOUS PRÉVIENS, PERSONNE NE QUITTE LE PLATEAU TANT QUE CETTE SCÈNE N'EST PAS BOUCLÉE !

QUI EST VRAIMENT BUNTARO ?
MAIS C'EST L'HIKIKOMORI PARFAIT !
CELA FAIT DES ANNÉES QU'IL N'EST PAS SORTI DE CHEZ LUI. PERSONNE NE SAIT OÙ IL HABITE, D'AILLEURS...
TU AVAIS RAISON, MAÏKO, CE SERAIT VRAIMENT BIEN QUE JE LE RENCONTRE...
MAIS J'AI DIT ÇA EN PLAISANTANT ! PERSONNE NE PEUT PLUS RENCONTRER BUNTARO !
CE SERAIT... JE NE SAIS PAS MOI, CE SERAIT COMME RENCONTRER UNE LÉGENDE !
ALORS IL N'Y A VRAIMENT AUCUNE CHANCE POUR QUE JE LE RENCONTRE ?
ON NE SAIT JAMAIS ... JE L'AI BIEN RENCONTRÉ UNE FOIS, MOI...
QUOI ?
BEN OUI, MAIS JE T'EN AI DÉJÀ PARLÉ, NON ?
MAIS NON ! C'EST QUOI, CETTE HISTOIRE ?
JE NE L'AI PAS VRAIMENT CONNU, HEIN ! C'ÉTAIT JUSTE APRÈS CE CONCOURS QU'IL PRÉSIDAIT SUR INTERNET... JE CROIS QUE C'EST GRACE À LUI QUE J'AI GAGNÉ EN FAIT...
C'ÉTAIT UN SACRÉ HONNEUR À L'ÉPOQUE, TU VOIS...
CE SOIR, JE REVOIS KOTARO...
HIIII ! C'EST VRAI ?! AVEC ÇA, JE SUIS SÛRE QUE TU VAS FAIRE UN MALHEUR !
38

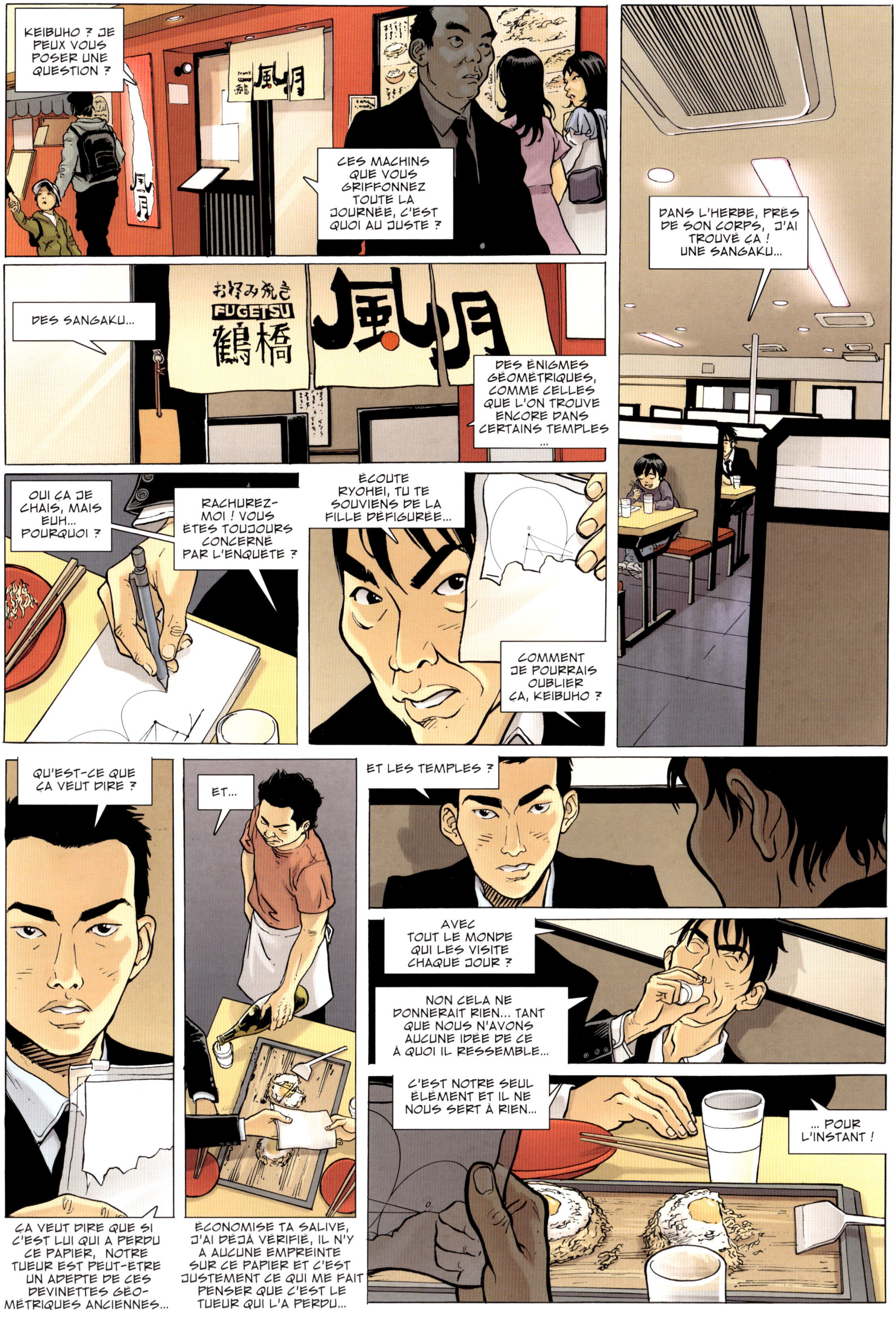
KEIBUHO ? JE PEUX VOUS POSER UNE QUESTION ?
CES MACHINS QUE VOUS GRIFFONNEZ TOUTE LA JOURNÉE, C'EST QUOI AU JUSTE ?
DES SANGAKU...
DES ÉNIGMES GÉOMÉTRIQUES, COMME CELLES QUE L'ON TROUVE ENCORE DANS CERTAINS TEMPLES ...
お好み焼き
FUGETSU
鶴橋
風月
DANS L'HERBE, PRÈS DE SON CORPS, J'AI TROUVÉ ÇA ! UNE SANGAKU...
OUI ÇA JE CHAIS, MAIS EUH... POURQUOI ?
RACHUREZ-MOI ! VOUS ÊTES TOUJOURS CONCERNÉ PAR L'ENQUÊTE ?
ÉCOUTE RYOHEI, TU TE SOUVIENS DE LA FILLE DÉFIGURÉE...
COMMENT JE POURRAIS OUBLIER ÇA, KEIBUHO ?
QU'EST-CE QUE ÇA VEUT DIRE ?
ÇA VEUT DIRE QUE SI C'EST LUI QUI A PERDU CE PAPIER, NOTRE TUEUR EST PEUT-ÊTRE UN ADEPTE DE CES DEVINETTES GÉOMÉTRIQUES ANCIENNES...
ET...
ÉCONOMISE TA SALIVE, J'AI DÉJÀ VÉRIFIÉ, IL N'Y A AUCUNE EMPREINTE SUR CE PAPIER ET C'EST JUSTEMENT CE QUI ME FAIT PENSER QUE C'EST LE TUEUR QUI L'A PERDU...
ET LES TEMPLES ?
AVEC TOUT LE MONDE QUI LES VISITE CHAQUE JOUR ?
NON CELA NE DONNERAIT RIEN... TANT QUE NOUS N'AVONS AUCUNE IDÉE DE CE À QUOI IL RESSEMBLE...
C'EST NOTRE SEUL ÉLÉMENT ET IL NE NOUS SERT À RIEN...
... POUR L'INSTANT !

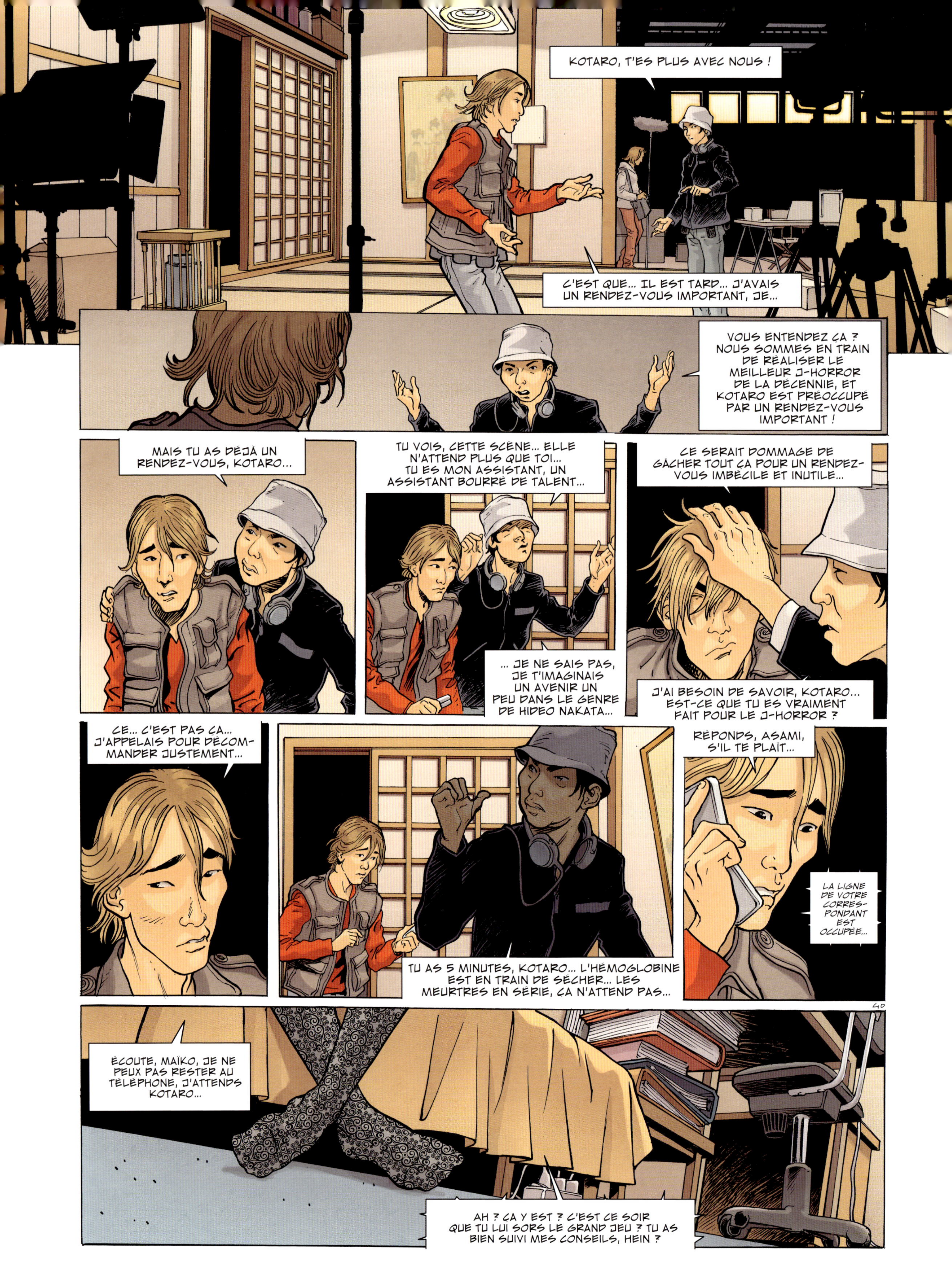
KOTARO, T'ES PLUS AVEC NOUS !
C'EST QUE... IL EST TARD... J'AVAIS UN RENDEZ-VOUS IMPORTANT, JE...
VOUS ENTENDEZ ÇA ? NOUS SOMMES EN TRAIN DE RÉALISER LE MEILLEUR J-HORROR DE LA DÉCENNIE, ET KOTARO EST PRÉOCCUPÉ PAR UN RENDEZ-VOUS IMPORTANT !
MAIS TU AS DÉJÀ UN RENDEZ-VOUS, KOTARO...
TU VOIS, CETTE SCÈNE... ELLE N'ATTEND PLUS QUE TOI... TU ES MON ASSISTANT, UN ASSISTANT BOURRÉ DE TALENT...
... JE NE SAIS PAS, JE T'IMAGINAIS UN AVENIR UN PEU DANS LE GENRE DE HIDEO NAKATA...
CE SERAIT DOMMAGE DE GÂCHER TOUT ÇA POUR UN RENDEZ-VOUS IMBÉCILE ET INUTILE...
J'AI BESOIN DE SAVOIR, KOTARO... EST-CE QUE TU ES VRAIMENT FAIT POUR LE J-HORROR ?
CE... C'EST PAS ÇA... J'APPELAIS POUR DÉCOMMANDER JUSTEMENT...
TU AS 5 MINUTES, KOTARO... L'HÉMOGLOBINE EST EN TRAIN DE SÉCHER... LES MEURTRES EN SÉRIE, ÇA N'ATTEND PAS...
RÉPONDS, ASAMI, S'IL TE PLAÎT...
LA LIGNE DE VOTRE CORRES-PONDANT EST OCCUPÉE...
40
ÉCOUTE, MAÏKO, JE NE PEUX PAS RESTER AU TÉLÉPHONE, J'ATTENDS KOTARO...
AH ? ÇA Y EST ? C'EST CE SOIR QUE TU LUI SORS LE GRAND JEU ? TU AS BIEN SUIVI MES CONSEILS, HEIN ?

HEIN ? EUH... OUI ... C'EST CE SOIR QU'ON DOIT SE VOIR ...
HIIIII... C'EST VRAIMENT UN GRAND SOIR ALORS, PARCE QUE J'AI UNE AUTRE SUPER NOUVELLE POUR TOI !
MAÏKO, S'IL TE PLAIT...
SI ... SI, ATTENDS, JE SUIS CERTAINE QUE TU VAS HALLUCINER !
TU TE SOUVIENS DU MINISITE INTERNET QU'ON A CRÉÉ POUR TOI ?
OH... NON, MAÏKO, JE T'AVAIS DEMANDÉ... VOUS NE L'AVEZ PAS SUPPRIMÉ ?!
ON A FAIT MIEUX QUE ÇA ! AVEC LES COPINES, ON L'A UN PEU FAIT TOURNER, ON L'A ENVOYÉ À PLEIN DE CONTACTS... ET TU SAIS QUOI ?
NOTE QU'IL Y A RIEN DE SÛR, HEIN ? MAIS JE CROIS BIEN QUE TU VAS OBTENIR CE QUE TU CHERCHAIS...
BUNTARO T'A REMARQUÉE !!!
BUNTARO ? MAIS, MAÏKO ...
ATTENDS, JE NE SAIS PAS SI TU TE RENDS COMPTE DE L'ÉVÉNEMENT ! ÇA FAISAIT DES ANNÉES QUE BUNTARO N'AVAIT PAS REPRIS CONTACT AVEC LE MILIEU !
MAÏKO ! JE DOIS TE LAISSER, J'AI ENCORE UN APPEL... C'EST PEUT-ÊTRE KOTARO QUI EST BLOQUÉ EN BAS...

ASAMI ! ENFIN !
BOUGE PAS, JE DESCENDS T'OUVRIR !
NON, EUH... ÉCOUTE, JE SUIS BLOQUÉ SUR LE TOURNAGE, LÀ. JE T'EXPLIQUERAI... ON... ON N'AURA PAS FINI AVANT UNE HEURE DU MAT'...
KOTARO !
ON POURRAIT REMETTRE ÇA À DEMAIN...
JE NE SAIS PAS, KOTARO...
ASAMI, JE DOIS Y ALLER... JE TE RAPPELLE DEMAIN...
Vous avez un nouveau message !
exp : Buntaro / Sujet : Votre site
Mes contacts m'ont transmis les coordonnées de votre site… Qu'espériez-vous prouver avec ce déguisement ridicule Punk Lolita 2316 ?
...
AAAAAAAH !
POC

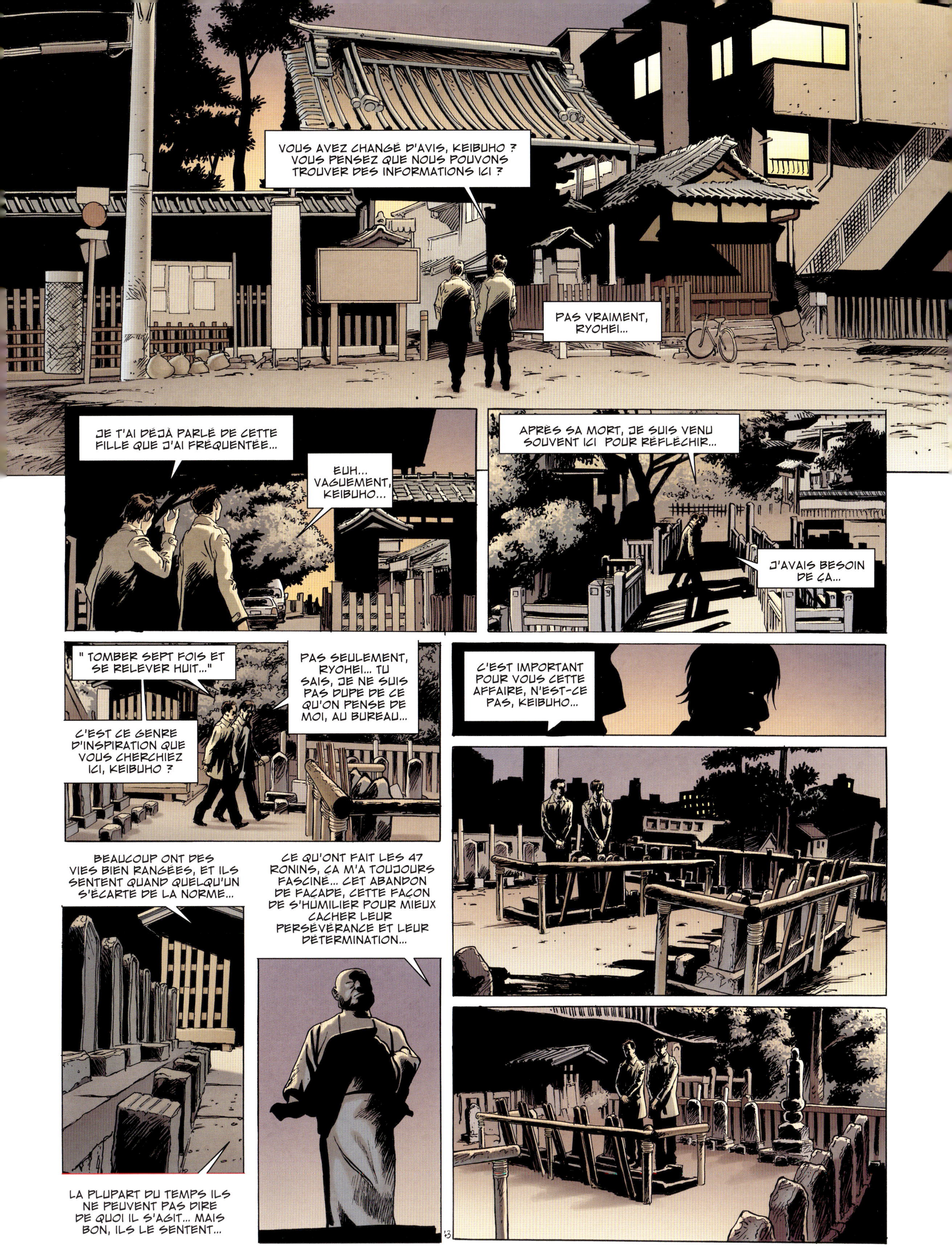
VOUS AVEZ CHANGÉ D'AVIS, KEIBUHO ? VOUS PENSEZ QUE NOUS POUVONS TROUVER DES INFORMATIONS ICI ?
PAS VRAIMENT, RYOHEI...
JE T'AI DÉJÀ PARLÉ DE CETTE FILLE QUE J'AI FRÉQUENTÉE...
EUH... VAGUEMENT, KEIBUHO...
APRÈS SA MORT, JE SUIS VENU SOUVENT ICI POUR RÉFLÉCHIR...
J'AVAIS BESOIN DE ÇA...
" TOMBER SEPT FOIS ET SE RELEVER HUIT..."
C'EST CE GENRE D'INSPIRATION QUE VOUS CHERCHIEZ ICI, KEIBUHO ?
PAS SEULEMENT, RYOHEI... TU SAIS, JE NE SUIS PAS DUPE DE CE QU'ON PENSE DE MOI, AU BUREAU...
C'EST IMPORTANT POUR VOUS CETTE AFFAIRE, N'EST-CE PAS, KEIBUHO...
BEAUCOUP ONT DES VIES BIEN RANGÉES, ET ILS SENTENT QUAND QUELQU'UN S'ÉCARTE DE LA NORME...
LA PLUPART DU TEMPS ILS NE PEUVENT PAS DIRE DE QUOI IL S'AGIT... MAIS BON, ILS LE SENTENT...
CE QU'ONT FAIT LES 47 RONINS, ÇA M'A TOUJOURS FASCINÉ... CET ABANDON DE FAÇADE, CETTE FAÇON DE S'HUMILIER POUR MIEUX CACHER LEUR PERSÉVÉRANCE ET LEUR DÉTERMINATION...

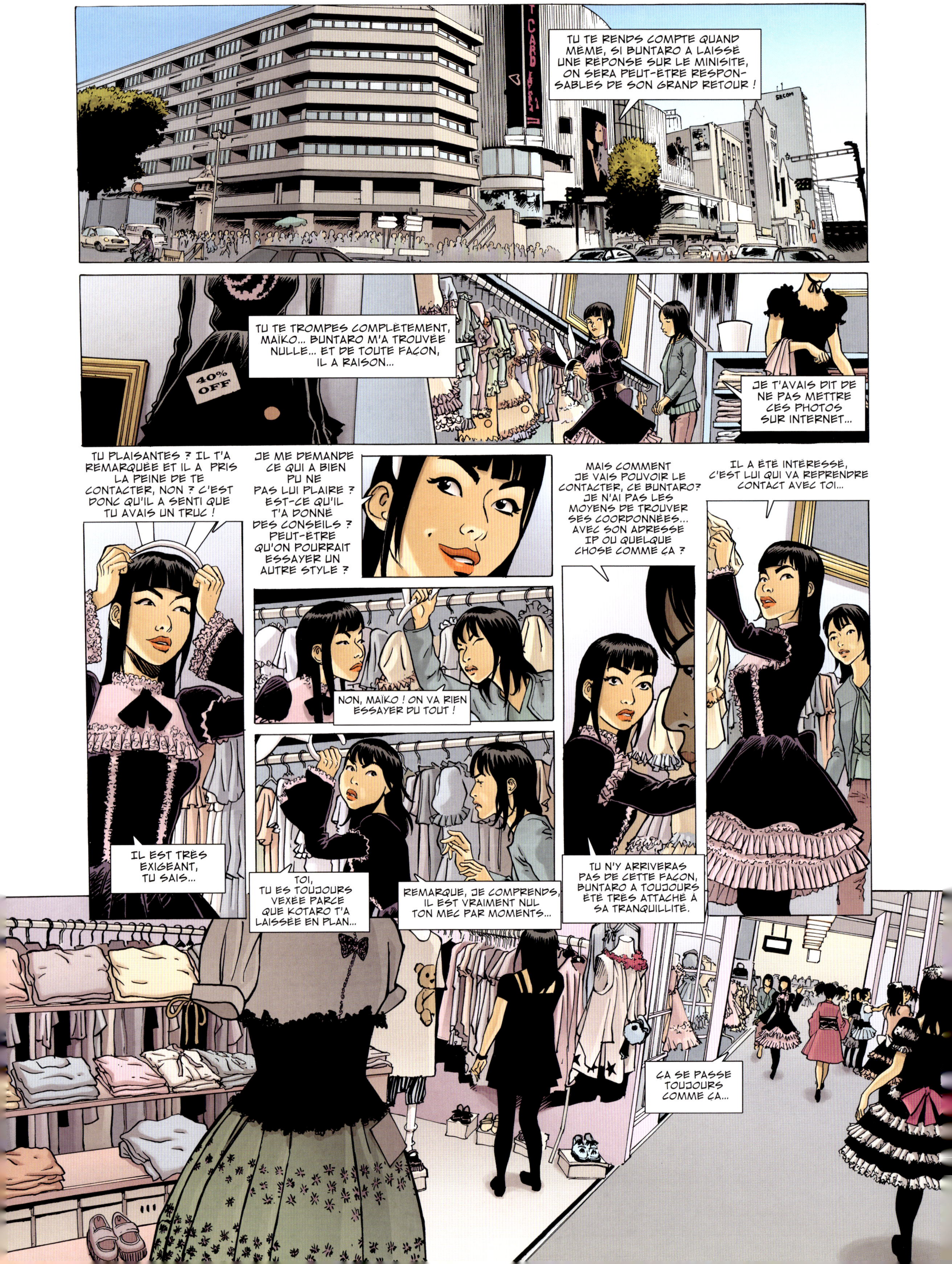
TU TE RENDS COMPTE QUAND MÊME, SI BUNTARO A LAISSÉ UNE RÉPONSE SUR LE MINISITE, ON SERA PEUT-ÊTRE RESPONSABLES DE SON GRAND RETOUR !
40% OFF
TU TE TROMPES COMPLÈTEMENT, MAÏKO... BUNTARO M'A TROUVÉE NULLE... ET DE TOUTE FAÇON, IL A RAISON...
JE T'AVAIS DIT DE NE PAS METTRE CES PHOTOS SUR INTERNET...
TU PLAISANTES ? IL T'A REMARQUÉE ET IL A PRIS LA PEINE DE TE CONTACTER, NON ? C'EST DONC QU'IL A SENTI QUE TU AVAIS UN TRUC !
IL EST TRÈS EXIGEANT, TU SAIS...
JE ME DEMANDE CE QUI A BIEN PU NE PAS LUI PLAIRE ? EST-CE QU'IL T'A DONNÉ DES CONSEILS ? PEUT-ÊTRE QU'ON POURRAIT ESSAYER UN AUTRE STYLE ?
NON, MAÏKO ! ON VA RIEN ESSAYER DU TOUT !
TOI, TU ES TOUJOURS VEXÉE PARCE QUE KOTARO T'A LAISSÉE EN PLAN...
REMARQUE, JE COMPRENDS, IL EST VRAIMENT NUL TON MEC PAR MOMENTS...
MAIS COMMENT JE VAIS POUVOIR LE CONTACTER, CE BUNTARO ? JE N'AI PAS LES MOYENS DE TROUVER SES COORDONNÉES... AVEC SON ADRESSE IP OU QUELQUE CHOSE COMME ÇA ?
TU N'Y ARRIVERAS PAS DE CETTE FAÇON, BUNTARO A TOUJOURS ÉTÉ TRÈS ATTACHÉ À SA TRANQUILLITÉ.
IL A ÉTÉ INTÉRESSÉ, C'EST LUI QUI VA REPRENDRE CONTACT AVEC TOI...
ÇA SE PASSE TOUJOURS COMME ÇA...

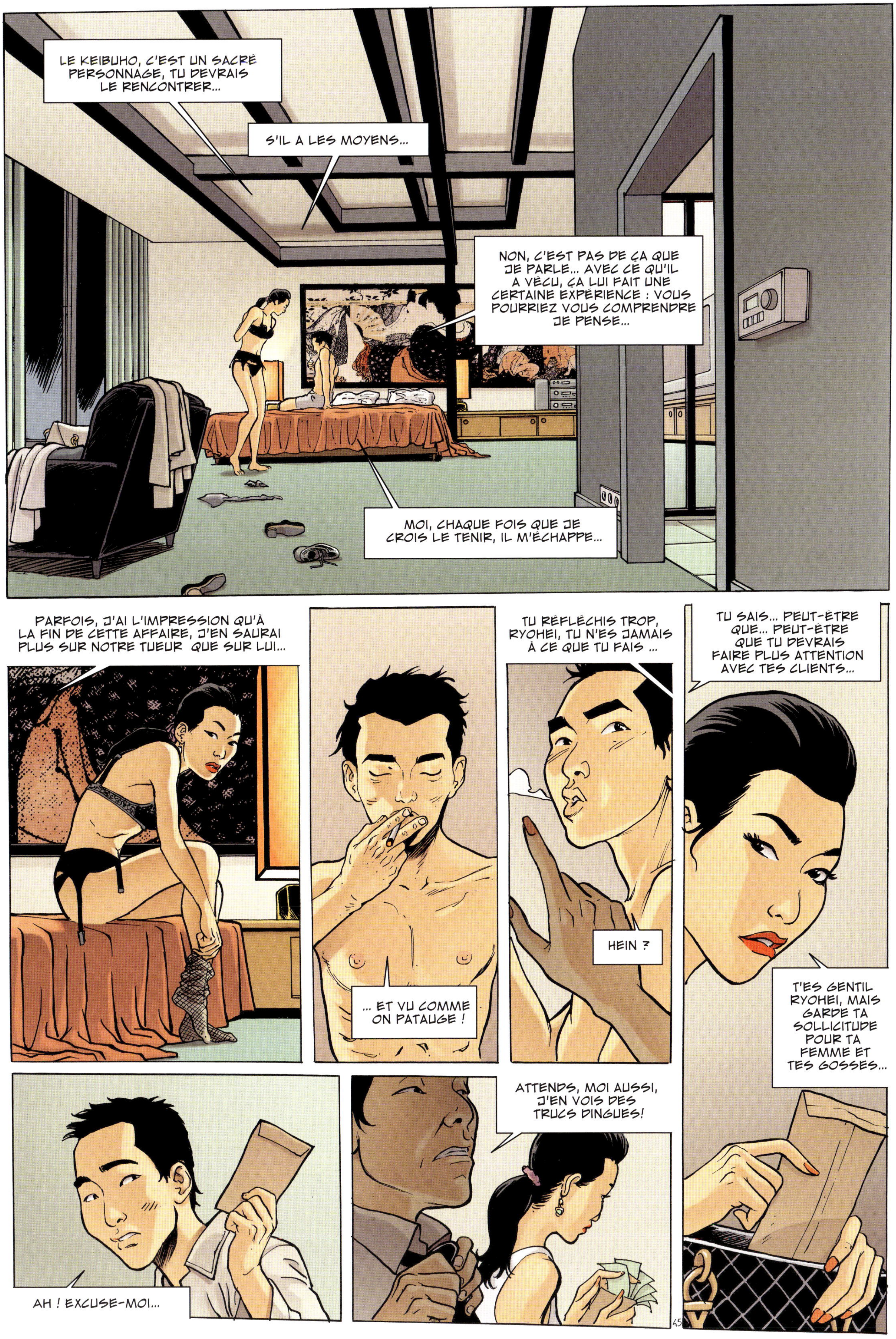

LE KEIBUHO, C'EST UN SACRÉ PERSONNAGE, TU DEVRAIS LE RENCONTRER...
S'IL A LES MOYENS...
NON, C'EST PAS DE ÇA QUE JE PARLE... AVEC CE QU'IL A VÉCU, ÇA LUI FAIT UNE CERTAINE EXPÉRIENCE : VOUS POURRIEZ VOUS COMPRENDRE JE PENSE...
MOI, CHAQUE FOIS QUE JE CROIS LE TENIR, IL M'ÉCHAPPE...
PARFOIS, J'AI L'IMPRESSION QU'À LA FIN DE CETTE AFFAIRE, J'EN SAURAI PLUS SUR NOTRE TUEUR QUE SUR LUI...
... ET VU COMME ON PATAUGE !
TU RÉFLÉCHIS TROP, RYOHEI, TU N'ES JAMAIS À CE QUE TU FAIS ...
HEIN ?
TU SAIS... PEUT-ÊTRE QUE... PEUT-ÊTRE QUE TU DEVRAIS FAIRE PLUS ATTENTION AVEC TES CLIENTS...
T'ES GENTIL RYOHEI, MAIS GARDE TA SOLLICITUDE POUR TA FEMME ET TES GOSSES...
AH ! EXCUSE-MOI...
ATTENDS, MOI AUSSI, J'EN VOIS DES TRUCS DINGUES!
45

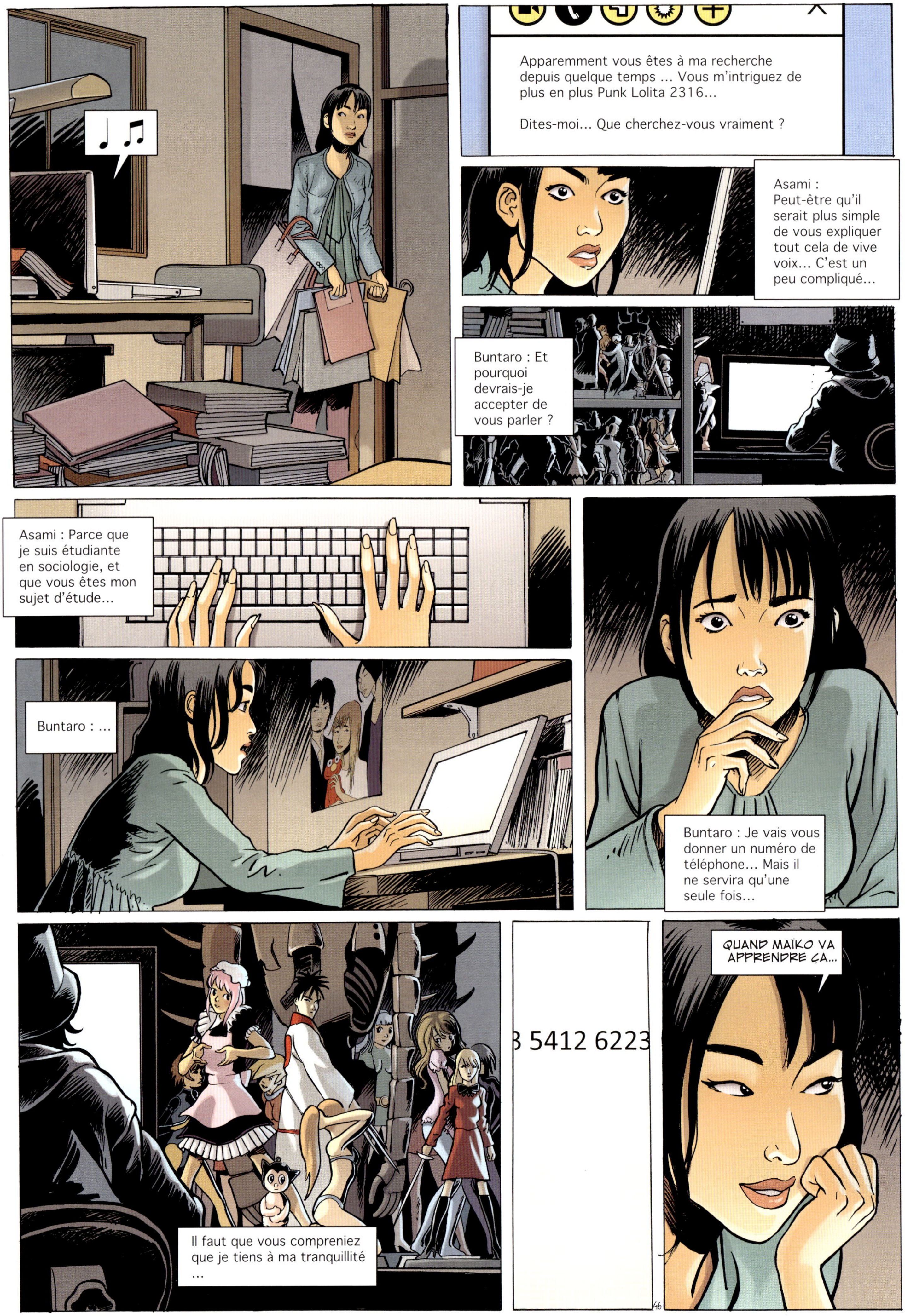
♩♬
Apparemment vous êtes à ma recherche depuis quelque temps ... Vous m'intriguez de plus en plus Punk Lolita 2316...
Dites-moi... Que cherchez-vous vraiment ?
Asami : Peut-être qu'il serait plus simple de vous expliquer tout cela de vive voix... C'est un peu compliqué...
Buntaro : Et pourquoi devrais-je accepter de vous parler ?
Asami : Parce que je suis étudiante en sociologie, et que vous êtes mon sujet d'étude...
Buntaro : ...
Buntaro : Je vais vous donner un numéro de téléphone... Mais il ne servira qu'une seule fois...
Il faut que vous compreniez que je tiens à ma tranquillité ...
3 5412 6223
QUAND MAÏKO VA APPRENDRE ÇA...

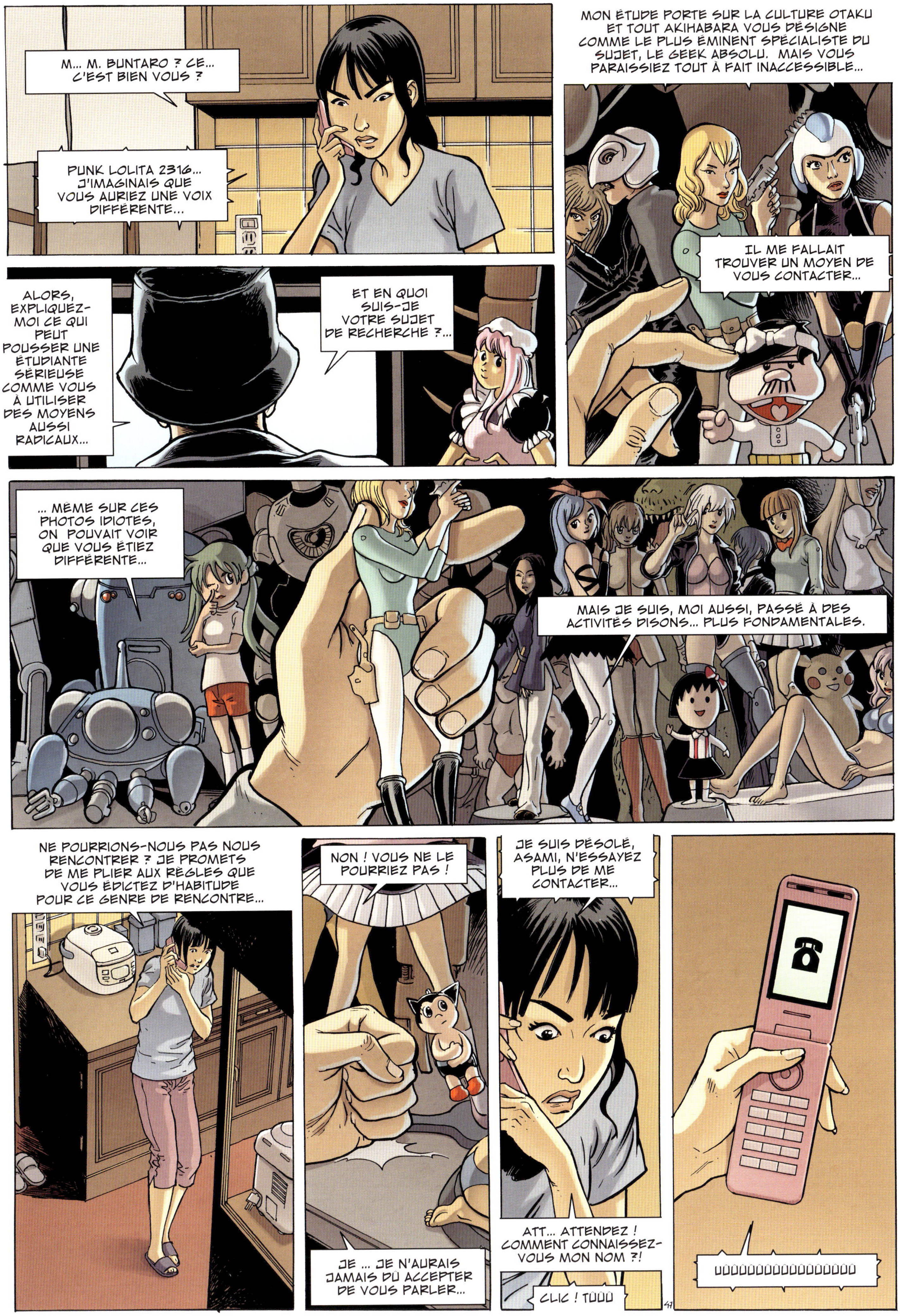
M... M. BUNTARO ? CE... C'EST BIEN VOUS ?
PUNK LOLITA 2316... J'IMAGINAIS QUE VOUS AURIEZ UNE VOIX DIFFÉRENTE...
MON ÉTUDE PORTE SUR LA CULTURE OTAKU ET TOUT AKIHABARA VOUS DÉSIGNE COMME LE PLUS ÉMINENT SPÉCIALISTE DU SUJET, LE GEEK ABSOLU. MAIS VOUS PARAISSIEZ TOUT À FAIT INACCESSIBLE...
ALORS, EXPLIQUEZ-MOI CE QUI PEUT POUSSER UNE ÉTUDIANTE SÉRIEUSE COMME VOUS À UTILISER DES MOYENS AUSSI RADICAUX...
ET EN QUOI SUIS-JE VOTRE SUJET DE RECHERCHE ?...
IL ME FALLAIT TROUVER UN MOYEN DE VOUS CONTACTER...
... MÊME SUR CES PHOTOS IDIOTES, ON POUVAIT VOIR QUE VOUS ÉTIEZ DIFFÉRENTE...
MAIS JE SUIS, MOI AUSSI, PASSÉ À DES ACTIVITÉS DISONS... PLUS FONDAMENTALES.
NE POURRIONS-NOUS PAS NOUS RENCONTRER ? JE PROMETS DE ME PLIER AUX RÈGLES QUE VOUS ÉDICTEZ D'HABITUDE POUR CE GENRE DE RENCONTRE...
NON ! VOUS NE LE POURRIEZ PAS !
JE ... JE N'AURAIS JAMAIS DÛ ACCEPTER DE VOUS PARLER...
JE SUIS DÉSOLÉ, ASAMI, N'ESSAYEZ PLUS DE ME CONTACTER...
ATT... ATTENDEZ ! COMMENT CONNAISSEZ-VOUS MON NOM ?!
CLIC ! TUUU
UUUUUUUUUUUUUUUUU
47

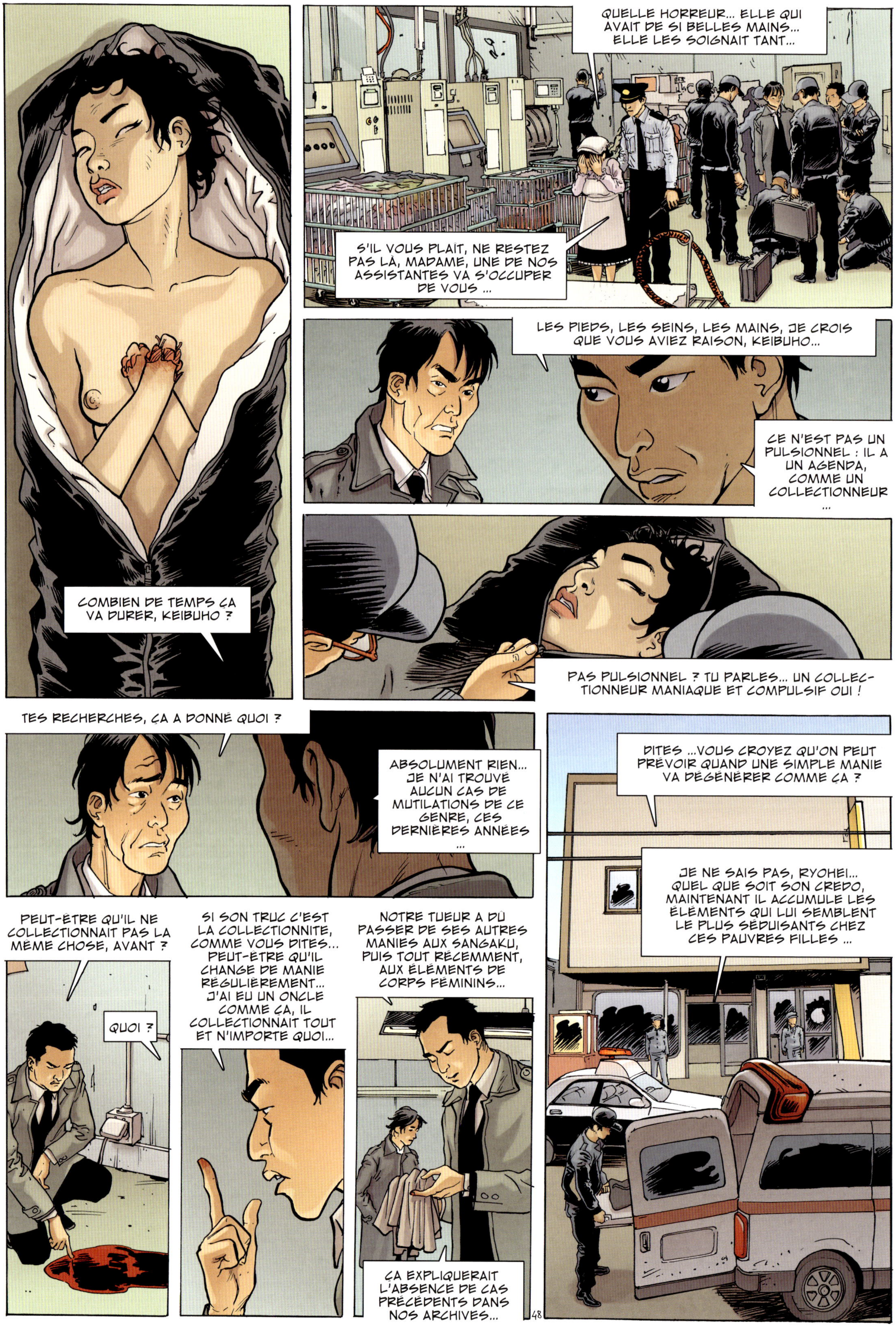
COMBIEN DE TEMPS ÇA VA DURER, KEIBUHO ?
QUELLE HORREUR... ELLE QUI AVAIT DE SI BELLES MAINS... ELLE LES SOIGNAIT TANT...
S'IL VOUS PLAÎT, NE RESTEZ PAS LÀ, MADAME, UNE DE NOS ASSISTANTES VA S'OCCUPER DE VOUS ...
LES PIEDS, LES SEINS, LES MAINS, JE CROIS QUE VOUS AVIEZ RAISON, KEIBUHO...
CE N'EST PAS UN PULSIONNEL : IL A UN AGENDA, COMME UN COLLECTIONNEUR ...
PAS PULSIONNEL ? TU PARLES... UN COLLECTIONNEUR MANIAQUE ET COMPULSIF OUI !
TES RECHERCHES, ÇA A DONNÉ QUOI ?
ABSOLUMENT RIEN... JE N'AI TROUVÉ AUCUN CAS DE MUTILATIONS DE CE GENRE, CES DERNIÈRES ANNÉES ...
DITES ...VOUS CROYEZ QU'ON PEUT PRÉVOIR QUAND UNE SIMPLE MANIE VA DÉGÉNÉRER COMME ÇA ?
JE NE SAIS PAS, RYOHEI... QUEL QUE SOIT SON CREDO, MAINTENANT IL ACCUMULE LES ÉLÉMENTS QUI LUI SEMBLENT LE PLUS SÉDUISANTS CHEZ CES PAUVRES FILLES ...
PEUT-ÊTRE QU'IL NE COLLECTIONNAIT PAS LA MÊME CHOSE, AVANT ?
QUOI ?
SI SON TRUC C'EST LA COLLECTIONNITE, COMME VOUS DITES... PEUT-ÊTRE QU'IL CHANGE DE MANIE RÉGULIÈREMENT... J'AI EU UN ONCLE COMME ÇA, IL COLLECTIONNAIT TOUT ET N'IMPORTE QUOI...
NOTRE TUEUR A DÛ PASSER DE SES AUTRES MANIES AUX SANGAKU, PUIS TOUT RÉCEMMENT, AUX ÉLÉMENTS DE CORPS FÉMININS...
ÇA EXPLIQUERAIT L'ABSENCE DE CAS PRÉCÉDENTS DANS NOS ARCHIVES...
48

MAÏKO ! JE TE DIS QU'IL CONNAISSAIT MON PRÉNOM !
AH MAIS, ASAMI, JE TE JURE QUE, CETTE FOIS, C'EST PAS MOI !
IL A DÛ PRENDRE DES RENSEIGNEMENTS, C'EST TOUT À FAIT SON GENRE, AVEC SON CULTE DU SECRET...
ÇA NE T'AURAIT PAS INQUIÉTÉE, TOI ?
POURQUOI ? C'EST BUNTARO, TOUT LE MONDE LE CONNAÎT À AKIHABARA.
TOUT LE MONDE LE CONNAÎT, MAIS PERSONNE NE L'A JAMAIS RENCONTRÉ... VRAIMENT !?
ET PUIS, C'EST TOI QUI AS INSISTÉ POUR LE CONTACTER, C'EST PAS COMME S'IL ÉTAIT VENU PRENDRE DES PHOTOS DE NOUS AUX TOILETTES !
POUR UNE FOIS QU'UN TYPE EST UN PEU ATTENTIF...
C'EST PAS COMME CE DÉBILE QUI NOUS FAIT DES SIGNES DEPUIS TOUT À L'HEURE !
UN DÉB... HEY !
MAIS C'EST KOTARO, S'IL TE PLAÎT, MAÏKO, JE N'AI PAS ENVIE DE LUI PARLER...
C'EST KOTARO ? TIENS, C'EST VRAI QU'IL A L'AIR MOINS FUTÉ QUE SUR LES PHOTOS QUE TU M'AS MONTRÉES... JE L'AURAIS PAS RECONNU...
BON BEN, JE VOUS LAISSE, HEIN... VOUS DEVEZ QUAND MÊME AVOIR DES TRUCS À VOUS DIRE...
MAÏKO, NON !
LÂCHEUSE...

NON, KOTARO !
ASAMI, JE...
JE T'AVAIS DIT DE NE PAS VENIR... MÊME POUR ÇA JE NE PEUX PAS TE FAIRE CONFIANCE...
ASAMI, C'EST IDIOT CETTE HISTOIRE, TU SAIS BIEN QUE JE N'AI JAMAIS VOULU QUE...
世界
ÉCOUTE, ON S'EN SORT PAS TOUS LES DEUX : TU AS TON FILM, J'AI MA RECHERCHE, TOUT ÇA EST TROP PRENANT...
ÇA A RÉVÉLÉ QUE JE NE POUVAIS PAS VRAIMENT COMPTER SUR TOI !
J'EN ÉTAIS SÛR, C'EST CETTE IDIOTE QUI T'A MIS SES IDÉES DÉBILES DANS LE CRÂNE !
C'EST ÇA TON BUT DANS LA VIE MAINTENANT ?! DEVENIR UNE PÉTASSE SUPERFICIELLE ET NOMBRILISTE ?!
HEY ! DIS DONC, TOI !
KOTARO ! JE CROIS QUE TU FERAIS MIEUX DE PARTIR, MAINTENANT !
...
ASAMI, JE SUIS DÉSOLÉE... SI C'EST DE MA FAUTE, PEUT-ÊTRE QUE JE PEUX...
OH ! TOI ... LAISSE-MOI !
カル チョ

小泉 今日子
PINK
ピンク・レデ
茶の水女子
DZIIIIII

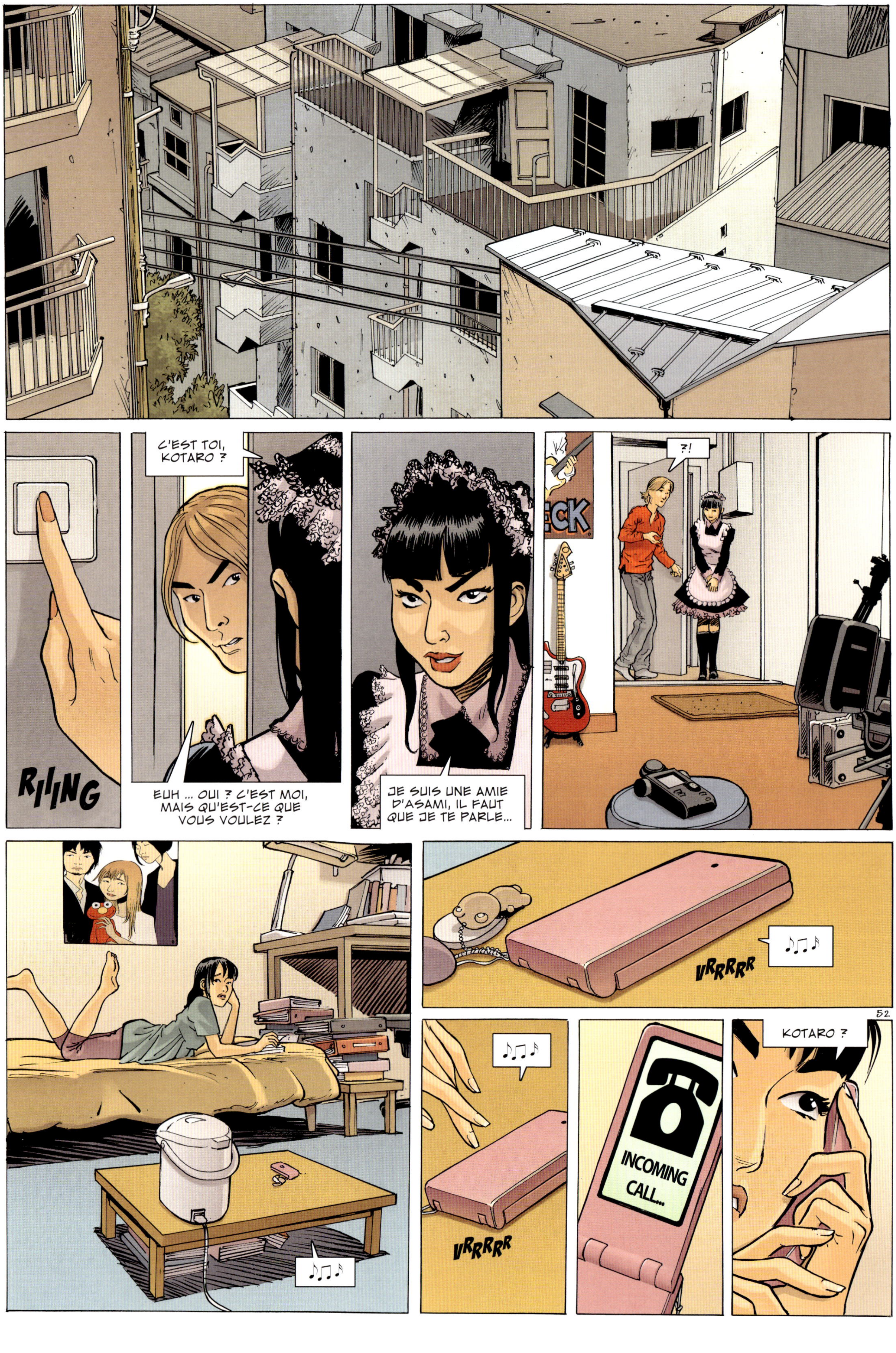
RIIING
C'EST TOI, KOTARO ?
EUH ... OUI ? C'EST MOI, MAIS QU'EST-CE QUE VOUS VOULEZ ?
JE SUIS UNE AMIE D'ASAMI, IL FAUT QUE JE TE PARLE...
?!
VRRRRR
VRRRRR
INCOMING CALL...
KOTARO ?

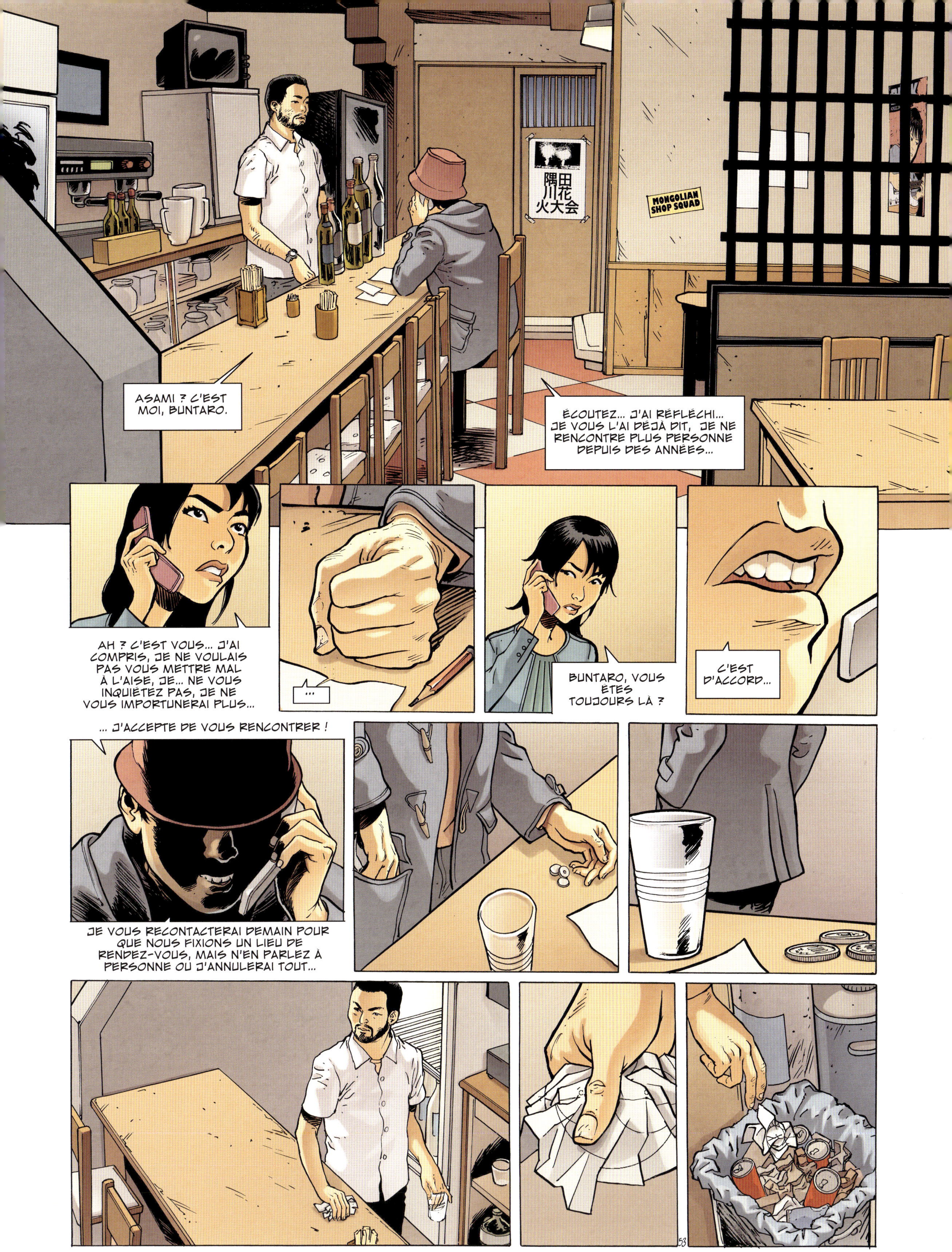
隅田川花火大会
MONGOLIAN SHOP SQUAD
ASAMI ? C'EST MOI, BUNTARO.
ÉCOUTEZ... J'AI RÉFLÉCHI... JE VOUS L'AI DÉJÀ DIT, JE NE RENCONTRE PLUS PERSONNE DEPUIS DES ANNÉES...
AH ? C'EST VOUS... J'AI COMPRIS, JE NE VOULAIS PAS VOUS METTRE MAL À L'AISE, JE... NE VOUS INQUIÉTEZ PAS, JE NE VOUS IMPORTUNERAI PLUS...
...
BUNTARO, VOUS ÊTES TOUJOURS LÀ ?
C'EST D'ACCORD...
... J'ACCEPTE DE VOUS RENCONTRER !
JE VOUS RECONTACTERAI DEMAIN POUR QUE NOUS FIXIONS UN LIEU DE RENDEZ-VOUS, MAIS N'EN PARLEZ À PERSONNE OU J'ANNULERAI TOUT...

駿
BAR
居酒屋

Vous voulez connaître la suite ? Laissez-nous votre email sur
http://www.dargaud.com/otaku-blue/alerte
pour être alerté dès la sortie du prochain tome d'Otaku Blue.

DES MÊMES AUTEURS :

RICHARD MARAZANO

Chez Dargaud
LE COMPLEXE DU CHIMPANZÉ (3 tomes et 1 intégrale) *avec J.-M. Ponzio*
CUTIE B. (2 tomes) *avec Yishan Li*
L'EXPÉDITION (1 tome paru et 3 tomes à paraître) *avec M. Frusin*
S.A.M. (1 tome paru et 3 tomes à paraître) *avec Shang Xiao*
LE PROTOCOLE PÉLICAN (2 tomes parus et 2 tomes à paraître) *avec J.-M. Ponzio*
LE RÊVE DU PAPILLON (2 tomes parus et 2 tomes à paraître) *avec Luo Yin*

Chez d'autres éditeurs
MINIK *avec Hypolite* - Dupuis
AGUIRRE *avec G. Delmas* - Carabas
LE BATAILLON DES LÂCHES - Carabas
COS ET MOS (2 tomes) *avec Abel* - Carabas
GUERRERO (2 tomes) *avec C. Legendre* - Carabas
CHAABI (3 tomes) *avec X. Delaporte* - Futuropolis
GENETIKS (3 tomes et 1 intégrale) *avec J.-M. Ponzio* - Futuropolis
BLUE SPACE (2 tomes) *avec C. Lamquet* - Glénat
CUERVOS (4 tomes et 1 intégrale) *avec M. Durand* - Glénat
HÉLOÏSE DE MONTFORT (3 tomes) *avec A. Font* - Glénat
JÉRUSALEM *avec P. Pion* - Glénat
LE SYNDROME D'ABEL *scénario X. Dorison* - Glénat
DUSK (2 tomes et 1 intégrale) *avec C. Demetter* - Humanoïdes Associés
TRELAWNEY *avec A. Font* - Pif productions
TEQUILA DESPERADOS *avec J.-C. Cassini* - Soleil
SYDNEY ET HOWELL (2 tomes) *avec J.-C. Cassini* - Soleil
TEQUILA DESPERADOS *avec J.-C. Cassini* - Soleil
ZÉRO ABSOLU (3 tomes et 1 intégrale) *avec O. Moraes* - Soleil
ECO WARRIORS (3 tomes) *avec C. Lamquet* - 12bis

MALO KERFRIDEN

Chez d'autres éditeurs
TRAFFIC (1 tome) *avec A. Robin* - *BAMBOO*
QUARTERBACK (4 tomes) *avec D. Chauvel* - *Delcourt*
KGB (4 tomes) *avec V. Mangin* - Soleil
LA RAGE (1 tome) *avec P. Boisserie* - 12 BIS